ライオンのおやつ

小川 糸

ポプラ文庫

海野《うみの》雫《しずく》様

前略、ごめんくださいませ。

先日は、わざわざお電話をいただいたそうで、ありがとうございました。あいにく、不在にしており、申し訳ございませんでした。

その後、ご体調の方はいかがでしょうか。

十二月二十五日（クリスマスの日ですね！）にご到着されるとのこと、承知いたしました。

基本的に生活に必要な物（寝具やコップ、歯ブラシなど）はこちらにもご用意がございますが、下着等を含めた着替え類は、原則、お手持ちの物を持ってきていただくこととなっております。

一応、必要に応じて購入することも可能です。

ただ、こちらは大変な田舎なものですから、お気に召す物をすぐに確保できるとは限りません。その点は、あらかじめ、ご了承いただけますと幸いです。

それと、こちらへいらっしゃる折には、ぜひ船に乗ることをおすすめします。今はもう、陸路でも来られるようになりましたが、船からの眺めは格別です。穏やかな瀬戸内の風景を、どうぞ心ゆくまで味わってください。

これからの人生が、かけがえのない日々となりますよう、スタッフ一同、全力でお手伝いさせていただきます。

それでは、道中、お気をつけていらしてくださいませ。もうすぐお会いできますことを、心待ちにしております。

ライオンの家　代表　マドンナより

船の窓から空を見上げると、飛行機が、青空に一本、真っ白い線を引いている。私はもう、あんな風に空を飛んで、どこかへ旅することはできないんだなぁ。そう思ったら、飛行機に乗って無邪気に旅を楽しめる人たちが、羨ましくなった。明日が来ることを当たり前に信じられることは、本当はとても幸せなことなんだなぁ、と。

そのことを知らずに生きていられる人たちは、なんて恵まれているのだろう。幸せというのは、自分が幸せであると気づくこともなく、ちょっとした不平不満をもらしながらも、平凡な毎日を送れることなのかもしれない。

罫線だけが引かれた真っ白い便箋には、少し肩を丸めたような温かみのある文字が並んでいる。それらはまるで、私のこの、オーロラみたいに刻々と色を変える落ち着きのない感情を、脱脂綿のように吸い取ってくれる。私は、自分の中に眠っているどう猛な部分を目覚めさせないよう、常に気を配り、おいしい餌を与え続けなくてはならない。

手紙にうんと顔を近づけて、文字の匂いを吸い上げた。

そうすれば、マドンナの言葉がそのまま私の体に入りそうな気がした。今、私が頼れるのはこの人しかいない。会ったこともないのにおかしいかもしれないけれど、私はすでにマドンナの肩にもたれて歩いている気分だった。

何度広げて読んだかわからないマドンナからの手紙を、再び丁寧に折りたたんで封筒にしまう。こんなふうに、私を待ってくれている人がいる。それだけでこの、人生最大にして最後の難関も、なんとか乗り越えられそうな気がした。

生まれて初めて目にする瀬戸内の海は、マドンナが書いていた通り、本当に穏やかだ。私がこれまでに見てきた海と、まるで違う。穏やかで、優しい。時間はかかるけれど、船を選んで正解だった。

担当医から、自分の人生に残された時間というものを告げられた時、私はなんだか頭がぼんやりして、他人事のようで、うまくそのことを飲み込めなかった。何かに似ていると思ったら、船酔いだった。実際に船に乗ってみて、気づいた。以来、足元がゆっくりと揺れているような感覚が続いている。

第一私は、「ステージ」という言葉を見聞きするたび、幼稚園のお遊戯会で上がった小さな舞台を思い出してしまうのだ。今でもそれは変わらない。私の知っているステージは、床に無数の傷があって、所々にガムテープが貼ってあり、でもなんとなく温もりがあり、その場所に立つとほんの少し大人になったような、誇らしい気分にしてくれる場所だった。私はいつだって、木や花や、その他大勢みたいな役だったけど。

ステージの向こうの薄暗闇には大好きな人がいて、目が合うと、必ず手を振ってくれた。私は、ステージに立つのが好きだった。

だから、ステージという単語は、いまだに私の胸に淡い明かりをともす。おめでたいにもほどがあると、笑われそうだ。でも私はステージを、このまま思い出の場所にとどめておきたい。たとえそれがⅣで、もうその先へと続く階段がないとしても。


急に父のことを思い出したのは、訳がある。ぽつぽつと海に浮かぶ島影が、おにぎりの形に見えたのだ。父が作ってくれるおにぎりは、決まって三角形だった。しかも、いかにも生真面目な父らしく、見事なまでの正三角形だった。だから食べる時はいつも、その形を崩してしまうのが少しだけもったいなかった。

父と最後に会ったのは、五年くらい前だろうか。父が、出張で会社の近くまで来た時だ。たまには一緒にご飯でも食べようと誘われて、会社のそばのお寿司屋さんに行った。何を話したのかは、覚えていない。きっと、ありきたりな世間話でもしたのだろう。ご馳走したかったのに、結局父がお勘定を払ってしまった。父とは、その日のうちに別れた。

父とはいえ、戸籍の上では叔父さんだ。でも、そのことを知る人物はほとんどいない。普段は、当事者である私も、そして父もおそらく忘れてしまっている。そんなこと、私たちにとっては取るに足らない事実だった。

私に病が見つかり、それが決して治ることのない段階であることが発覚したのは、父と数年ぶりに再会してしばらく経ってからだった。私なりにがんばって、あらがったりもしたけれど、強い勢力には勝てなかった。

そして私は今、船に乗っている。住んでいたアパートを解約したことも、これからライオンの家で人生最後の日々を過ごすことになることも、父には知らせていない。もしもこのことを父が知ったら、きっと大騒ぎするに決まっている。そんなことで、父の平穏な暮らしを乱したくなかった。それに、父が知っても知らなくても、事実は変わらないのだし。

にわかに、船の中が騒がしくなってきた。もうすぐ、島に着くのかもしれない。さっきまで遠くに見えていた島影が、いつの間にか近づいている。

船は、決してのろのろなんかしていないのだ。一見ゆっくりに見えても、ちゃんと目的地に向かって進んでいる。私の病魔と同じように。

到着したのは、ふんわりとメレンゲで形を作ったような、なだらかで丘みたいな島だった。土地の人はこの島を、レモン島と呼んでいる。かつて、この島でたくさんの国産レモンが栽培されていたからだという。

マドンナからの手紙をきちんとバッグにしまったかを確認し、よろけながら立ち上がってコートをはおる。他にも、もっと好きなコートがあった。でも、最終的には、体に負担がかからない一番軽いコートを選んだ。それ以外のコートはすべて、近所のリサイクルショップに持ち込んで靴やバッグと一緒に処分した。

十二月も終わろうとしているのに、まだそんなに寒くない。やっぱり、瀬戸内は冬でも温暖だ。見上げると、空は水色の折り紙をペタッと貼りつけたように青一色で、海もまたその色を映して青く輝いている。さっきまであったはずの飛行機雲は、もう姿が消えてなくなっていた。

船は、速度を落としながらゆっくりと桟橋に近づき、やがて停止した。係の人が、ひょいっと船から陸地へジャンプして、ロープを巻きつけ船を固定する。身軽な係員さんの頭には、ちょこんとサンタクロースの帽子がのせられている。

我先にと人々が下船する中、私は時間をかけて荷物をまとめ、通路を歩いた。船はまだ、ゆらりゆらりと揺れ続けている。船から陸に上がる時、サンタ帽をかぶった係員さんが、さりげなく私の手を取り、上陸するのを手伝ってくれた。今はまだ、自分の足で立って歩ける。そのことに、私は胸をなでおろした。

船着場には、マドンナが待っていた。マドンナ、という名札を下げていたわけではないけれど、絶対に彼女がマドンナだとすぐにわかった。

自らマドンナと名乗るくらいだから、もっと若い人を想像していたけれど、ふたつに分けて編んだお下げの七割は白髪で、しかも、神社のしめ縄のように立派だった。ずっとお辞儀をしているので顔ははっきり見えないけれど、完璧なまでのメイド服を着ている。コスプレ？　それとも、クリスマスだから？　不思議には思ったけれど、そもそも名前がマドンナだ。

縁飾りのついた真っ白いエプロンにはシミひとつなく、全身がモノトーンでまとめられている。唯一、その掟《おきて》を破っているのが靴で、マドンナは、真っ赤なエナメルのストラップシューズを履いていた。それが、妙に似合っていた。

サンタ帽の係員さんが、私の荷物を陸の上へと移してくれる。渡された小さなスーツケースを転がしながら、マドンナの方へ近づいた。

「はじめまして、お世話になります」

私がお辞儀をすると、

「ようこそ、遠路はるばる、ライオンの家へいらっしゃいました」

マドンナも、更に深く頭を下げる。そのせいで、左右のお下げの両端が、地面につきそうになっていた。幼い頃、寝る前に父が読んでくれたラプンツェルの童話を思い出した。

「メリークリスマス」

マドンナは言った。その声が、ほんの少しはにかんでいる。私も、メリークリスマス、と声に出して面と向かって言うのは、少々照れる。目の前のマドンナと、何かを共有できたようで安心した。見ると、マドンナの目が、優しく微笑んで三日月の形になっている。

どうぞこちらへ、と案内された先にあるのは、不思議な形の自転車だ。三輪車のような構造になっているのだが、前に巨大な箱がついている。

「こちらへおかけください。安全運転で参りますので」

どうやら、この乗り物を漕いでライオンの家まで私を運んでくれるらしい。私のスーツケースは、マドンナの横のスペースに置かれている。大きい方のスーツケースは、宅配業者に頼んで別便で送ったから、手荷物は案外少なかった。

私が箱の中に腰かけ、しっかりとシートベルトを締めるのを待ってから、マドンナは出発した。

「乗り心地は、いかがでしょうか？」

しばらくして、マドンナが聞いた。

「最高です」

あまりにも気持ちよくて、マドンナに話しかけることすら忘れていた。このまま、風に溶けてしまいたくなる。

思い切って、家を出る時からずっとつけていたマスクを外した。久しぶりに味わう解放感だ。新鮮な空気が、肺の奥底へと雪崩のように勢いよく流れてくる。これを味わえただけでも、レモン島まで来た甲斐があった。肺の内側が、きれいな空気でゴシゴシと洗われるようだった。

マドンナは言った。

「それはよかったです。ドイツから取り寄せた、最新式のカーゴバイクでございます。雫さんが、初の乗客です」

思わず後ろを振り返ると、私の驚きなどどこ吹く風で、マドンナは姿勢を正し、飄々《ひょうひょう》とペダルを漕いでいる。いつの間にか、手にはレース編みの白い手袋がはめられていた。専属運転手つきのハイヤーにでも乗っている気分だ。

「疲れませんか？」

心配してたずねると、

「今のところは問題ありません。運動不足の解消になります。それに、電動式ですから。もっと速度を上げることも可能です」

マドンナは、淡々と答えた。

マドンナの声は常に落ち着いていていて、深い海の、底すれすれのところをヒラメが滑《なめ》らかに這っているような、そんな話し方をする。すべてをお見通しで、何かに動じるということが全くなさそうな人だった。常に抑揚がなく、表情も変わらない。

必要に応じて、マドンナが教えてくれた。

「その鳥居の先に、とても古い神社があります」

「こちらは、地元密着型のスーパーマーケットでございます」

「あの橋を渡って、陸路でも本州へ渡れます」

「島で唯一の喫茶店です」

「郵便局とＡＴＭは、あちらの角にございます」

「この公園は、野良猫たちの集会所です」

マドンナの説明には、一切の無駄がない。それでいて、必要十分な情報を与えてくれる。

私はその間中、立てた両膝の上に顎をのせ、ぼんやりと島の風景を眺めていた。

昨日まで目にしていた人工的な景色とあまりに違うので、まだ心のピントがうまく合わない。なんだか、よく出来た映画のセットに迷い込んでしまった気分だ。それでも、レモン島がとても魅力的な、風通しのいい場所だということはわかった。島はまさしく八方美人で、どの角度からどう見ても、完璧なまでに美しかった。そして、視界のどこかに、必ず海が見える。そのことが、私の心をほぐしてくれるような気がした。

終《つい》の住処、とよく言うけれど、ここは私にとっての、終の島ということになる。

悪くないのかもしれない。天井の低い殺風景な部屋でひとり淋しく凍えるように死を迎えるより、ずっといい選択だった。担当医に余命のことを告げられた時、私はとっさに、暖かい場所で、毎日海を見ながら残された日々を過ごしたい、と願ったのだから。病気の影響か、とにかく私は、寒くて寒くて仕方がなかった。

そのことをケアマネージャーさんに相談したら、いくつかの候補の中から熟慮の末に提案してくれたのが、ライオンの家だった。寒くて手足がかじかむのは、生きているうちに卒業したかった。

「着きましたよ」

ふと顔を上げると、マドンナがまぶしそうに海を見ていた。

箱から出て、海を前に深呼吸する。

空気がおいしい。

おいしすぎて、おかわりするみたいに、二回、三回と繰り返した。それだけでもう、おなかがいっぱいになる。こんなふうに、空気を完熟した果物みたいにむさぼったのは、いつ以来だろう。

これまではずっと、空気を吸うこと自体がどこかしら恐ろしかった。何か悪いウィルスが入ったら、抵抗力のない私はすぐに深刻な状況におちいってしまう。だから、深呼吸もろくにできなかったのだ。

でもレモン島でなら、安心して空気を吸える。この島の空気は常に流れているし、私が恐れるような悪いものは、含まれていないような気がした。聖夜らしく、エントランス前には華やかなクリスマスツリーが飾られている。

さっそくマドンナが、部屋まで案内してくれた。

ホスピスというと、もっと病院っぽいか、もっと庶民的かどちらかを想像していた私は、なんだか拍子抜けだった。まるで隠れ家ホテルにいるような、優雅な気分にさせてくれる空間なのだ。無機質すぎず、かといって生活感がありすぎない。常に、誰かの大きな微笑みに見守られているような気持ちになる。実際に入ったことはないけれど、繭の中というのは、こんな手触りの優しい光に包まれているのかもしれない。

「助産院の雰囲気に似ていますね」

マドンナの背中を追いかけながら、思わず言った。私自身に子どもはいないけれど、一度だけ、友人が出産した助産院まで赤ちゃんを見に行ったことがある。

「生まれることと亡くなることは、ある意味で背中合わせですからね」

いったん足を止め、マドンナは言った。

「どっち側からドアを開けるかの違いだけです」

「ドア？」

マドンナの言わんとすることが、よくわからない。私にとって、生と死は対極にある。頭の中のイメージとしては、鎧で武装した騎士同士の、一騎打ちの戦いだ。

マドンナは、そんな私の内面を察したのか、よりわかりやすく話してくれた。

「はい、こちら側からは出口でも、向こうから見れば入り口になります。きっと、生も死も、大きな意味では同じなのでしょう。私たちは、ぐるぐると姿を変えて、ただ回っているだけですから。そこには、始まりも終わりも、基本的にはないものだと思っています」

マドンナはそう言うと、再び静かに歩き始めた。

まっすぐに廊下を歩いていると、向こうからふたりのおばあさんがやって来た。おばあさん達はそれぞれの手に、野菜の入った大きなかごを抱えている。野菜にはまだ土がついていて、濃厚な大地そのものの匂いがする。

「かの姉妹です」

マドンナが紹介した。

「今日からお世話になる、海野です。よろしくお願いします」

かしこまってお辞儀をすると、

「笑わないいんですか？」

かの姉妹のひとりが真顔で聞いた。え？　と見返すと、

「だって、あちら様と一字違いなのに、うちら、こんなにおばあさんやし、おっぱいも、ぺっしゃんこやしなぁ」

もうひとりの姉妹が口を挟む。確かに、胸元の名札には、「狩野」と書いてある。

「でも、私らの方が、元祖やわ」

お団子頭のおばあさんが言った。

「雫さんは、お若いからきっと知らないんですよ」

マドンナが言い添えると、ふたりは急にしゅんとなって口を閉ざした。

この若さでホスピスのお世話になることに、同情してくれたのだろうか。ふたりの顔には、予想外に苦い物を口にしてしまったみたいな、やりきれないという感情が浮かんでいる。

真っ向から病気と闘っていた時は、正直、そういう反応に遭遇するたび、いらっとしていた。私をまるで、幽霊や疫病神を見るような目で見ないでと、内心、泣き叫びそうになっていた。

でも、もうそんな元気はない。怒ったり、泣いたり、ぬか喜びしたり、いちいち無駄なエネルギーを浪費することに、私は疲れてしまったのだ。感情を爆発させるたび、私の命が削られていく。そのことを、私は肌で実感する。だから、抵抗するのはもうやめた。やめて、私は流れに身を任せることにしたのだ。そうやって、流されるままにたどり着いたのが、この小さな島だった。

本音を言ってしまえば、とにかく私はこの島で、海を見ながらゆっくりと休みたい。チューブに繋がれず、ぐっすりと眠りたかった。だから、ライオンの家を選んだ。そして、候補の中で、毎日海を見られそうなホスピスは、ここひとつだけだった。どうして山や川や森ではなく海にこだわったのかは、自分でもよくわからない。ただ、近い気がしたのは事実だ。天国に。

でも、それはもしかすると最良の選択だったのかもしれない。さっきから心が、瀬戸内の海みたいに、四方を強固な何かで守られている。

狩野姉妹と別れてから、マドンナが補足した。

「彼女達は、ライオンの家の食事担当です。主にご飯の主導権を握っているのは姉のシマさん、おやつの主導権を握っているのは、妹の舞さん。名前、覚えやすいでしょう。シマ、と、マイ、で姉妹ですから」

ここは笑った方がいいのかな、と思いながら、マドンナがさらりと流したので、こちらもさらりと聞き流した。

「他にも、医師をはじめ、常時十数名が、スタッフとしてライオンの家を支えております」

再び歩き出しながら、マドンナが言った。

ホスピスとはいえ、医療行為が全く行われないかというと、そんなことはない。私が今までに受けてきた積極的な治療や延命行為をしないだけで、痛い時や苦しい時は、その苦痛を和らげるための最大限の策を練ってくれる。そのことをケアマネージャーさんから聞いて、ホスピスに入ろうという決心がついたのだ。金輪際、痛いのも、苦しいのも、気持ち悪いのも、寒いのも、髪の毛やまつげがごっそりと抜け落ちるのもこりごりだった。

「こちらが、おやつの間になります」

マドンナが、木製の大きな扉を押して中の様子を見せてくれる。中には暖炉があって、そこには赤々とした炎が燃えさかっていた。落ち葉焚きの匂いが脳にしみる。

「おやつの間？」

ちょっと聞きなれない響きだったので、マドンナに問い返した。

「はい、昔の言葉ですと、お茶の間。かっこよく言えば、サロン・ド・テ、とでもいいましょうか」

相変わらず、抑揚のない声でマドンナが続ける。

「毎週、日曜日の午後三時から、ここでお茶会が開かれます。前回は、みんなで芋羊羹をいただきました。ゲストのみなさんは、もう一度食べたい思い出のおやつをリクエストすることができます。毎回、おひとりのご希望に応える形でその方の思い出のおやつを忠実に再現しますので、できれば具体的に、どんな味だったか、どんな形だったか、どんな場面で食べたのか、思い出をありのままに書いていただければと思います。中には、イラストを描いてくださる方もおります」

おやつという言葉の響きには、独特のふくよかさというか、温もりがある。

「でも、その日選ばれるおやつは、ひとつだけなんですよね？　それは、どうやって決めるのですか？」

残された時間の短い順なんて言われたら切なすぎるな、と思いながら私はたずねた。

「くじ引きです。毎回、私が厳正なる抽選で決めております。

リクエスト用紙は、あちらのボックスに入れておいてください。指定の紙に書いていただいてもいいですし、ご自分でお持ちになった便箋などに書いて持ってきていただいても、どちらでも構いません。お茶会当日まで、どなたの希望かは、秘密です」

マドンナは、きっぱりと答えた。その声に、嘘はないようだった。けれど、その方法だと、リクエストしても最後まで自分のおやつが選ばれない人もいるということだ。そのことを考えると、しんみりしてしまった。

でも、それが人生なのかもしれない。だって、みんながみんな平等なんて、所詮ありえないもの。

おやつの間の扉を閉めてから、再びマドンナが説明した。

「お食事は、おひとりで召し上がりたい時はお部屋で、どなたかと一緒に召し上がりたい時は食堂で、どうぞ、その時の気分でご自由になさってください。時間も、一応は決まっていますが、難しい場合は、こちらで臨機応変に対応いたします。

ところで、ご自分のお箸は、お持ちになりましたか？」

はい、と答えると、マドンナはホッとしたように目を細めた。細い目が、更に細くなって二日月になる。

「何か、規則とかはありますか？」

気になっていたことをたずねると、

「規則とは？」

マドンナが、逆に質問した。ちょっとしどろもどろになりながら、私は答えた。

「朝は何時に起きるとか、消灯は何時とか。テレビを見ていい時間帯とか、携帯電話は使っちゃダメとか、面会時間とか」

最後の例は私には関係ないな、と思いながらも、私は言った。

ここに来るまでに、これまでの人間関係に一応のけりをつけてきたのだ。ひとりひとりに連絡し、現状を伝え、会いたい人には直接会ってお別れを告げてきた。だからもう、ここまで会いに来る人はいない。面会はお断りしますと伝えてある。人生の最期くらい、誰にも気兼ねせず、ひとりの時間を過ごして逝きたい。それに、自分が弱ってボロボロに朽ち果てていく姿を、誰にも見られたくないという傲慢な気持ちも、まだちょっと残っている。

マドンナは立ち止まると、細い目を更に細くして私の目を凝視した。それから、はっきりとした声で言った。

「そういうものは、一切ございません。ライオンの家は、病院ではありませんので。ただ、洗濯とか室内の掃除とか、ご自分でできることはご自身でしていただきます。できないことは、こちらでお手伝いします。できないことを、無理にする必要はございません。

あとは、自由に時間を過ごす。これが唯一のルールといえば、ルールかもしれません」

今しがたマドンナが口にしたことは、もうがんばらなくていい、ということだった。嫌なことは嫌だと拒絶しても、責められない。私は勝手に、みんなで一斉にいただきますをしたり、折り紙を折ったり、歌をうたったり、そういうのは勘弁してほしいなぁ、と思っていた。でもそれは、単なる私の思い違いだった。もしかすると私は、老人ホームとホスピスを、ごちゃ混ぜにしていたのかもしれない。

たった今、ルールは何もない。あるとすれば、自由にすることが唯一のルールと聞いて、安心した。それなら、やっていけるかもしれない。誰とも話したくなかったら、それも許されるということだもの。私はもう、ここに来てまで「いい子」を演じるのはやめようと思った。

「こちらが、雫さんのお部屋になります」

しずしずとマドンナの後ろを歩いていたら、唐突にマドンナが立ち止まってドアを開ける。

わー。

思わず、小学生みたいな反応をしてしまった。レモン畑の向こうに、どこまでも海が広がっている。ぷっくりと膨らんだたくさんのレモンが、青空の下でキャンドルの灯りみたいに光っていた。

「こんなにいいお部屋を、私がひとりで使っていいんですか?」

これまで入院した時は、すべて大部屋だった。だから、いつもなんだか緊張した。寝ている時ですら、いびきをかいて誰かの睡眠の妨げになっているんじゃないかと想像すると、不安になって思いっきり眠れなかった。だから、これからの時間を個室で過ごせることは、すごくすごくありがたかった。

けれど、後から特別料金とかが発生したらちょっと困るな、などと現実的なことも考えてしまう。だけどその時はもう私はこの世にいないわけだから、請求書が父に回されてしまうかもしれない。

マドンナに、私の不安が筒抜けだったのだろうか。マドンナが、私の背中にそっと手のひらを当てながら囁いた。

「ご心配いりませんよ。雫さんはこのお部屋を、自由に使うことができます。スーツケースは、のちほどこちらへお届けしますね。

では、日曜日のおやつの時間まで、まだまだ時間はたっぷりございますから、それまで、お好きになさって結構です。外に行きたい時も、ご自由にどうぞ。お困りのことがありましたら、すぐにお知らせいただければ駆けつけます。

それと、こちらのプレートに名前を書いて、部屋の入り口に貼っておいていただけますか。名前は、ご本名でもいいですし、ニックネームでも、どちらでも構いません。

要は、自分自身が本当に人から呼んでもらいたい名前です。ですから私も、ここではマドンナと名乗っております」

そしてマドンナは、部屋の入り口に立つと、ひときわ張りのある声で告げた。

「ガラスケースに、ソをご用意してございます。雫さんのご到着に合わせて、こしらえました。

ライオンの家で、人生の醍醐味を、心ゆくまで味わってください」

言い終えると、深々とお辞儀をし、私の前から煙のように立ち去った。

まずは、大きなベッドに倒れ込む。

目を閉じても、まぶたを通して光が届いた。その光が、うるさいくらいに元気よく、サンバのリズムで踊っている。

「気持ちいい」

声に出すと、ますます気持ちよさが発酵する。両手を広げても、まだベッドの両端に余りがある。私が一人暮らしの部屋で使っていたシングルサイズのベッドより、明らかに大きかった。

ふかふかしているのは羽毛の入った掛け布団だけで、ベッド自体には、ほどよい弾力がある。なんだか、体がすーっと下に吸い込まれていく。シーツも枕カバーも真っ白で、心地よい。さらっとした肌触りは、麻を使っているからだろう。

「気持ちいい」

もう一度、声に出してみる。そのまま、布団に埋もれて眠ってしまいそうだった。こんな解放感を味わうのは、本当に久しぶりだった。

不意に、昔付き合っていた人のことを思い出した。一度だけ、その人とバリを旅行したことがある。お互いの有休を使っての休暇だったからトンボ返りのような旅だったけれど、その時に泊まったリゾートホテルが、まさにこんな質感だった。きらびやかな物はないかわり、本当に良い物だけがひっそりと、けれど要所要所に置かれていた。

海外旅行をするほどの仲だったのに、結局、別れてしまった。私に病が見つかってから、彼は、半歩ずつ慎重に足を動かして私との距離を遠ざけ、気がつけば相手の姿が見えなくなるくらい疎遠になっていた。今では、それが正解だったと私も思う。その証拠に、つい最近、彼が結婚したということを人づてに聞いた時も、もう、私の胸には一切の波風も立たなかった。おめでとう、お幸せに、と皮肉ではなく心からそう思えた。

でも、あの人が、人生最後の恋人になるかと思うと、ちょっと悔しい。恋の味は知っているけれど、大恋愛もなければ大失恋もない、そっち方面はいたって平凡な人生だった。

コンコン、と控えめにドアを叩く音がして、届いたお荷物、こちらに置いておきますね、と若い男性スタッフの声がする。いつの間にか眠っていたのかもしれない。目を開けると、相変わらず、窓の向こうの海がとびきりの笑顔で輝いている。そして、レモンの葉っぱも、キラキラと漣《さざなみ》のように輝いている。空気には、ほんのりと、柑橘系の香りが紛れている。

一人暮らしをしていたアパートの部屋で、最終的な荷物を選ぶ時は、さすがに感傷的になって涙が止まらなくなった。数日前のことだ。何を持って行き、何を捨てるべきか、ずっと頭の片隅で考えてはいたけれど、いざ決めようとすると様々な想いが顔をのぞかせ、結局ぎりぎりになるまで決められなかった。

ベッドを下りて、スーツケースを取りに行く。

スーツケースを開けると、その時流した涙の匂いがした、ように感じた。けれど、感傷的になっている暇はない。まずはパジャマを取り出し、棚にしまう。

人生初の闘病生活を送るまで、私は自分の生活にそれほど多くのパジャマが必要になるとは思っていなかった。けれど、極端な話、五分おきに着替えても汗でびしょびしょになってしまうくらい、病院ではパジャマの替えが必要だった。だから、荷物を選ぶ時はまず、普段着よりもパジャマの数を優先した。いくら普段着を持ってきたところで、いずれ、しかも近い将来、私はベッドから動けなくなる。今はまだ、そんな自分が想像すらできない。でも、確実にその日はやってくるのだ。そう遠くはない未来に。だからウィッグも、今かぶっているひとつしか、もう手元には残さなかった。

ただ、一着だけ、試着以外では正式に袖を通していないとびきりのワンピースを持ってきた。私の大好きなブランドの服だ。お給料ではなかなか手が出なくて、今までは、せいぜい靴下やバッグを買ってお茶を濁すのが精一杯だった。

買い物に行ったのは、ちょうど半月前になる。いつもは、小物だけを見てそそくさと退散するのに、その時は、値段もチェックせずに服を選んだ。けれど、試着するたび、心が揺れた。どうせ燃やしてしまうのに、そんな大金を払うならどこかに寄付して社会貢献でもした方がいいんじゃないの、と。でも、その時にはっきりと声が聞こえたのだ。

「違うでしょ！」

試着室の外で、店員さんが叫んだのかと思った。実際に、そうだったのかもしれない。とにかく、偶然聞こえたその声に背中を押されて、私の中にあった迷いはふっ切れたのだ。

それから私は、じっくりと時間をかけて旅立ちの服を選んだ。もしもあの時、声が聞こえなかったら、私はやっぱりもったいないからと、何も買わないで店を出てしまっていただろう。でもあの時、きちんと自分の意思で服を選んで正解だった。

だって、私には私しかいないのだ。結婚だってしていないし、子どもだっていない。親に頼ることもできない。旅立ちの服を選ぶのだって、自分でやらなきゃ、誰もしてくれない。

さすがに、最後に会計を済ませる時は、心臓が口から飛び出しそうになって冷や汗が出たけど。大きな紙袋にうやうやしく包まれたワンピースを持って店を出る時、私はなんだか誇らしかった。

そのワンピースを、ハンガーにかけ、フックにつるす。新しく揃えた下着やパジャマは棚にしまい、歯ブラシをコップにたてかける。念のため石鹸も持ってきたけれど、使うことはなさそうだった。ライオンの家には、私が持ってきたのよりもっと上質で環境に優しそうな石鹸が備えつけてある。

椅子に座ったままシャワーが浴びられるよう、タイル貼りのシャワー室の一角には、椅子が置いてあった。どうやらシャワー室にまでまんべんなく床暖房が入っているらしい。まるで高級ホテルのような設備に、嬉しい反面、申し訳ないような気持ちが顔をのぞかせた。

政治家のコネがあるわけでも、有名人の娘でも、お金持ちの家の令嬢でもない自分が、なぜライオンの家に入れたのだろう。こんな私が、こんないい場所で余生を過ごすなんて、恵まれすぎているのではないか。

そう考えそうになった時、いきなりドアの向こうから、白いかたまりが飛んで来た。

一瞬、ふわふわしているのでウサギかと思った。その後を、誰かが追いかけてくる。白いかたまりは、ウサギではなく犬だった。その犬が、私の部屋の中を我が物顔で走り回っている。

「散歩から帰って足拭かないと、マドンナに怒られるぞー」

少し遅れて部屋の入り口に現れたのは、明らかに病人とわかる男性だった。手足はやつれているのに、おなかだけがぽっこり出ている。

「あ、はじめ、まして」

床にお姫様座りをしていた私は、その場でぺこりとお辞儀をする。男性は手に、濡らした手ぬぐいを持っていた。どうやらそれで、白い犬の足を拭きたいらしい。確かに犬の足は、足先だけ、グレーの靴下を履いているみたいに汚れている。

けれど犬は、男性をからかうように逃げ回った。スーツケースに入っていた私のぬいぐるみを見つけると、それを口にくわえて、楽しそうに暴れている。まさか、ライオンの家に犬がいたとは！

「ペット、連れてきてもよかったんですか？」

たった今会ったばかりの男性に、私はたずねた。ずっと飼っていた亀を、親しくしていた会社の同僚に託してきたことを、しんみりと思い出しながら。

「いいみたいっすよ。でも、この犬、僕のじゃないっす。随分前にここで亡くなった人が飼っていた犬を、飼い主なき後もみんなで面倒見てるみたいで」

言いながら、男性は犬の足を拭こうと手を伸ばす。けれど犬は、相変わらずぐぅぐぅとうめき声をあげながら、ぬいぐるみとの格闘に夢中になっている。

「待て、ロッカ」

「ロッカ？」

聞きなれない響きに、

「六つの花って書いて、ロッカって読むらしいです。リッカでも、どっちでもいいみたいだけど」

男性が言った。

「雪の意味の、六花ですね」

昔から、国語が好きだった。

「よくご存じで」

なんとか無理矢理四本目の足先も拭き終えた男性が、立ち上がろうと腰を浮かせる。けれど、なかなか上手に立ち上がれない。スーツケースに入り込んだ六花は、やれやれ、という表情を浮かべ、私が持ってきた熊のぬいぐるみをちょうど頭の下にしいて眠る体勢になっていた。

「こいつ、このままここに置いてってても、いいですか？」

ようやく立ち上がった男性が、六花と私を交互に見ながらたずねる。

こんな展開になるとは、全く想像していなかった。ぽかんとしたまま、首を縦に動かす。夢を見ている気分になって、ほっぺたをつねった。わずかに、冷たい感触が頰に広がる。やっぱりこれは、夢なんかじゃない。紛れもない、現実なのだ。

「六花」

男性がいなくなってから、小さな声で六花を呼んだ。けれど、六花は少しも表情を変えることなく、じっとしている。六花はすでに、まどろみを満喫しているようだった。私が持ってきたぬいぐるみ達が、六花をぐるりと囲んでいる。

毎年、サンタクロースにお願いしていたことがある。

本当は、妹が欲しかったけれど、それはなんとなく望んじゃいけないんだということを、幼いながらに感じていた。だから、サンタさんへのお願い事は、いつも決まってこうだった。

「いぬがほしいです」

幼稚園の時から小学校を卒業するまで、私は毎年、同じ願いをサンタクロースに託し続けた。けれど、クリスマスの朝、枕元に置かれているのはいつも動物のぬいぐるみばかりだった。ある年は熊、ある年はパンダ、ある年はペンギン、ある年はねずみ、ある年は謎の生き物。ただの一度も、生身の犬が置かれることはなかった。

中学一年になった時、さすがに事情を察し、父に言った。

「もう、サンタクロースに犬をお願いするのは、やめるね。私にはほら、ぬいぐるみがたくさんいるし」

それを告げた時の、父のなんとも言えない困ったような表情を、私は一生忘れないだろう。父と暮らしていた集合住宅は、犬や猫を飼うことができなかったのだ。

父は、申し訳なさそうに目を潤ませて、ぎゅっと下唇を噛んでいた。今にも泣き出しそうな顔をするので、逆に私の方が父を慰めたくなった。そしてその年を境に、もう我が家にサンタクロースは現れなかった。

その代わり、クリスマスの夜は、父とふたり、おしゃれをして、駅前にあるホテルのクリスマスディナーを食べに行った。中学一年の時も二年の時も、受験を控えた三年の時ですら、私は父と外食した。それが、私にとっての家族団欒《だんらん》の時間だった。

　私には、実の両親と共に過ごした記憶が全くない。気がつくと、家にはいつも、私の育ての親である父と私のふたりきりだった。最初からそうなので、そのことを寂しいとか、つまらない、などと思う感情の隙間もない。たまに友達から、家にお母さんがいなくて可哀想、などと言われても、母親という存在自体を味わったことがないので、そんなことを言ってくる相手の方こそが気の毒だと感じていた。自分の境遇を一度も悲観したことがないくらい、父が愛情をかけて育ててくれた証である。

　たまにどうしても仕事の都合がつかなくて来られないこともあったけれど、父は、授業参観にも来てくれたし、運動会にも駆けつけてくれたし、長い休みの時は一緒に旅行やキャンプに行ったし、週末はしょっちゅう映画館に足を運んだ。

　母には悪いが、母親がいなくても、何不自由のない暮らしだった。もしもサンタクロースが現れて、お母さんか犬、どちらかをプレゼントしてあげると提案されたら、私は無邪気に犬の方を選んだかもしれない。

結局、どのぬいぐるみも捨てがたく、どの子を連れて行き、どの子を残すかなんて、決められなかった。残すと言っても、それは処分することを意味するのだ。そんなこと、できない。できるわけがない。だって、ぬいぐるみは、私にとって心の友なのだ。

もちろん、それぞれにちゃんとした名前だってついている。だから最後まで、この子たちには私のそばにいてもらおうと決めた。そして最期は、私の棺に、この子たちを入れてもらう。そうすれば、誰かがゴミとして処分する手間も省りる。そう考えて、私は傷だらけのぬいぐるみたち全員を連れてここに来たのだ。

スーツケースの中でぬいぐるみに囲まれて眠る六花は、至福の寝顔を浮かべている。本当は、その白い毛に触れてみたくて仕方がない。でも、触ったら六花の眠りを妨げてしまいそうで、その気持ちをグッと堪えた。長年の闘病生活で、我慢することには慣れている。

私はじっと、その寝顔を見つめ続けた。私が今日ライオンの家に入ったのはたまたまだったけど、これはもしかすると、私への、神さまからの最後のクリスマスプレゼントなのかもしれない。

そう思ったら、ちょっとだけ涙が出そうになる。喜びの涙なのか悲しみの涙なのかは、自分でもよくわからない。もしかすると、その両方かもしれない。

六花は、私のスーツケースで小一時間眠った後、おもむろに起き上がって伸びをした。それから、ドアの前できゅうっと一回だけ鳴いたので、向こうに行きたいのかな、と思ってドアを開けてやると、一目散に廊下を走って行ってしまう。でも、きっとまた会える。


私は、コートのポケットにソを入れて、部屋を出た。

外へは、わざわざ玄関まで行かなくても、各部屋から、出られる造りになっていた。持ってきたスリッポンをテラスに出し、外出する。今はまだ寒いけれど、夏はテラスに出てお昼寝なんかするのも気持ちよさそうだなぁ。でも、もう私に夏は巡ってこないんだなぁ、と他人事みたいにぼんやり思った。担当医の見立てが正しいなら、私の命は、梅が咲き、桜が花開く前に燃え尽きるのだ。

今はまだ、自分の死を想像できない。心臓はどくどくいっているし、少し痩せたような気はするけれど、自分でも不思議なくらい体が動く。ごはんも、おいしく食べられる。でも、天と地がひっくりかえるような奇跡が起きないことも、わかっている。私の人生のレールは、着々と死に向かって進んでいる。私はその事実を、人よりも少しだけ早く知ったに過ぎない。

享年、三十三。

確かに客観的に見れば短いかもしれない。でも、長いと思えば、結構長い人生だった。エベレスト級ではないにせよ、それなりの山も、谷も、存在した。

ライオンの家の敷地にある坂道をずんずんずんずん下りていくと、最後、海に出た。はしごを使って下りれば、波打ち際まで行ける。砂浜はほんの一部で、石がごろごろと転がっている。潮が引いて間もないらしく、石には海藻や貝が張りついている。

海に落とさないようスリッポンを脱いでから、岸壁に腰かけ、海を眺めた。それから、ポケットの中の包みに手を伸ばす。さっき、マドンナは確かにソと言ったように聞こえたけど、もしかするとノだったかもしれないし、ゾだったかもしれない。ソなんて食べ物を、私は聞いたことがない。仮にソとすることにして、ソは、キャラメルみたいに薄い紙に包まれていた。

包みを広げ、中から取り出す。色は、クリーム色。淡い卵のような、生まれたてのひよこのような色をしている。

欠片を少しだけ口に含み、奥歯で咀嚼《そしゃく》した。

最初に沸き起こったのは、懐かしい、という感情だった。確かに私は、この味を知っている。外側はカリカリしていて、最初は子どもの頃になめていたミルキーを連想した。でもあんなに甘くないし、お菓子っぽくもない。二口目を齧《かじ》ると、今度はじわじわと甘い味が広がっていく。正体をつかめそうになると、すーっと手のひらから尻尾が逃げていくようで、追いかけっこをしているみたいだ。そんなにたくさん食べるものでもない気がした。

もしかして、あれかな？　と思い浮かぶ物がひとつだけあるのだけれど、マドンナが、自分でこしらえたと話していたから、ありえないだろう。私の脳裏をよぎったのは、母乳だった。

「まさかー」

自分で自分にツッコミを入れる。マドンナがいくら年齢不詳でも、さすがに乳飲み子がいるような歳ではない。でも……。最後の一欠片を、口に含んでしばらく舌の上にのせた。神さまの母乳、という表現はしっくりくる。

さっきから、手のひらで優しく揉みほぐしたような柔らかい風が吹いていた。神さまから、何度も何度も優しくおでこにキスをされているような、そんな甘美な風だった。よく来たね、と歓迎されているようだった。

足をぶらぶらさせて風に吹かれたままぼんやりしていたら、正直に生きよう、と自然に思えた。これからはもっと、自分に正直に生きよう、と。ありのままの自分を丸ごと受け入れて、醜い部分も、未熟な部分もすべて認めて、素直になろう。看護師さんや周りの友人を気遣って、痛いのに痛くないふりをしたり、辛いのに平気だと笑うのも、もうやめよう。いい子ちゃんを、卒業しよう。それは、神さまから私への啓示のようだった。

思い返すと、私はいつも、物事のすべてを「いい」か「悪い」かで決めてきた。それも、自分にとっての「いい」「悪い」ではなく、相手にとっての「いい」か「悪い」かで判断していた。先回りして相手の気持ちを推しはかり、相手が喜んでくれるなら自分を犠牲にすることも厭《いと》わなかった。相手が笑顔になってくれるなら、それが自分の幸せなんだと信じて生きてきた。

もちろん、それも間違いではないと思う。むしろ、ある意味ではとても正しい行いだ。

だけど、自分の感情を犠牲にしてきたのは、確かだ。癌になる根本的な原因はストレスです、と担当医に言われた時も、自分にはストレスなどない、だから担当医が言っていることは間違いなのだと信じて疑わなかった。

でも、こうしてただぼんやり海を見ていると、自分がこれまでいかに無理をして、崖っぷちで生きていたかがよくわかる。体は、必死に悲鳴をあげていた。このままでは危ないと、警告を発し続けていた。でも私は、その声を無視して、自分の生き方を変えなかった。その結果が、ステージⅣだ。意固地になって、ひとりでがんばりすぎたのかもしれない。

でも、私の人生はまだ終わっていない。なんでも受け入れて、好きになる必要なんてない。もっとわがままになっていいのだと、海が、風が、私にそう囁きかける。あるがまま、ってこういうことだったのだと、海を見ていてわかった。海の水は、決して風に逆らわない。打ち寄せる波は、無抵抗な水の、あるがままの姿だった。

好きなものは、好き。嫌いなものは、嫌い。

最後くらい、心の枷《かせ》を外しなさいと、神さまは私に優しく口づけしながら、そうおっしゃっている。


「雫さん、よく眠れましたか?」

翌朝、食堂へ向かうと、マドンナに声をかけられた。マドンナは白い縁のメガネをかけ、熱心に新聞を読んでいる。

「はい、本当にぐっすり眠れました。こんなに眠ったの、すっごく久しぶりです」

誇張でもリップサービスでもなく、まぎれもない事実だった。

「よかったです。さすが、天然ゴム百パーセントのラテックスマットですね。私もおかげで、毎晩ぐっすり眠っております」

相変わらずの三日月アイで、マドンナが微笑む。

「眠ることは、重要です。ですから、眠る環境にはこだわりを持っております。よく眠り、よく笑い、心と体を温かくすることが、幸せに生きることに直結します。雫さん、笑顔ですよ、笑顔。いつも、笑って過ごしましょう」

朝だからか、マドンナの声のトーンが、ほんの少しだけ昨日より高く感じる。

今日から、ウィッグをかぶるのはやめることにした。ライオンの家にいれば、もうじろじろ見られることもない。気の毒そうな顔で目を逸らされることもない。ついでに、ブラジャーもつけていない。本当はブラなんかつけたくないのに、それでも毎日ブラをしないと外に出られないことが苦痛だった。胸元は、セーターの上から毛糸のチョッキを着てごまかしている。ウィッグとブラを卒業しただけで、心も体もうんと軽くなった。

みんなで朝食を食べたいわけでもなかったけれど、最初の朝くらい食堂に行ってみようと思ったのだ。

空いている席に座って待っていると、おはようございます、と背後から声をかけられた。頭にバンダナを巻いている男性は、昨日、私の部屋へ六花の足を拭きに来た人だった。自己紹介とか、一応した方がいいのかな。でも、面倒臭いな。自分はどこそこに癌があって、余命はあとどのくらいで、とか言い合うのも、嫌だな。と、あれこれ考えを巡らしていたら、男性がおもむろに名刺を差し出す。

「ワタクシえーっと、こういう者です」

そこには、「サバイバー　粟鳥洲友彦」とある。あやうく、クリ、と読みそうになり、米だからクリじゃなくてアワだぞ、と自分に言い聞かせる。

「アワトリストモヒコさん」

私は間違いなく読み上げた。

「えーっと」

一応自分も名乗ろうと声をあげると、

「海野雫ちゃんでしょ」

馴れ馴れしく、私を呼ぶ。特にニックネームも思いつかないから、私は部屋の入り口の名札に自分の本名を書いていた。

「声優さんか、アイドルみたいな名前だね」

私の名前を知ると誰もが口にする台詞を、アワトリス氏ももれなく言う。それから、なぜか私にウィンクした。

「僕、隣の部屋に住んでいまーす。お隣さんってことで、仲良くしましょうねー」

アワトリス氏は、いかにも親しげな口調で言った。ちょっと苦手なタイプの出現に戸惑っていると、

「雫さん、気にしなくていいですよ。ただのスケベオヤジですから」

両手に重たそうな土鍋を抱えたマドンナが、聞こえよがしに耳打ちした。

「それよりも、早く食べましょう。人は待たせてもいいですが、お粥さんを待たせてはいけません」

マドンナが朗らかに言う。

「今朝は、小豆粥だそうです。ライオンの家では、三百六十五日、毎朝違うお粥でゲストのみなさんをお迎えします」

お椀にお粥をよそってもらい、席について食べ始める。真っ白い粥の中に、小豆がぽつぽつ浮かんでいる。トッピングには、梅干しや昆布、塩鮭や鯛味噌などが並んでいる。

実は、病院で出されるお粥が食べられなかった。ほとんど冷めていたし、ドロッとして気持ち悪かった。でも今、目の前の小豆粥からはふわふわと湯気が躍っている。木の匙にすくって一口食べると、これまでのお粥観が根こそぎひっくり返った。

「しあわせ〜」

私にとっては最上級のおいしさの表現が、口からこぼれた。おいしい水のように、儚くて清らかな味だった。

気がつくと私は、トッピングで味に変化をつけることも忘れて、小豆粥をむさぼっていた。食べれば食べるほど、おなかの底がぬくぬくして、乾いた大地に水が染み込む。お粥の滋養が、体の津々浦々へと行き渡っていく。

おかわりをするため、立ち上がった。土鍋の横に妹の舞さんが立っていて、お椀を渡すとおかわりをよそってくれる。昨日はどっちがどっちかよくわからなかったけど、頭をお団子にしてまとめているのが姉のシマさんで、ワカメちゃんカットが妹の舞さんだ。

「おいしいでしょう」

あつあつの小豆粥を笑顔でもりつけながら、舞さんが言った。

「はい」

私が答えると、

「毎朝、ここのお粥さん食べてるとね、いいことといっぱいあるんだって」

舞さんが言った。

席に戻り、まだ湯気の立つ小豆粥に、今度は梅干しをのせて食べる。すっぱい、けどおいしい。塩鮭も、のせた。これも、しょっぱい、けどおいしい。体が、おーかーゆー、おーかーゆー、と両足を踏みならすようにして更なるお粥を要求する。

おかわりした分も、あっという間に食べてしまった。

食後、昆布茶を飲みながらぼんやりしていたら、マドンナが近づいてきた。

「いかがでしたか？　お粥さん、お口に合いましたか？」

「とってもおいしかったです」

ありきたりだけど、その言い方しか思いつかない。

「粥有十利《しゆうゆうじり》といって、お粥には十のいいことがあると言われています」

マドンナは言った。それから、続けた。

「色艶がよくなる。力が出る。寿命が延びる。安らかになる。頭が冴えて口の中が爽やかになる。消化がよい。病気を防ぐ。飢えをいやす。渇きをいやす。お通じがよくなる」

もしも私がもっと早くお粥と出合っていたら、病気にもならなかったのかな、と、今更どうしようもないことを考えながら、マドンナの言葉に耳をすます。

「雫さん、これからですよ。これから、あなたの新しい人生が始まるんです。今日という日を、すこやかにお過ごしくださいね」

最後にマドンナはそう言うと、空になった土鍋を持って調理室の方へ下がっていく。マドンナに会ったら昨日のソについて質問しようと思っていたのに、お粥に興奮してすっかり聞くのを忘れてしまった。また今度、時間がある時に聞いてみよう。

それにしても、昆布茶もまた、しみじみおいしい。

ライオンの家に来て以来、朝起きて、一番に音楽を聴くのが日課になった。

今日も自分に新しい朝が来たことを実感しながら、イヤホンから流れるチェロの音に耳を傾ける。一連のこの曲は、私の子守歌がわりだったという。私は、十八世紀の偉大な作曲家が創作したチェロのための組曲を聴くと、自然とご機嫌になったらしい。

しばらく聴いていなかったのだが、病を得て自分の人生の終わりを意識するようになってから、また聴きたいと思うようになった。心地のいい寝具に包まれ、音楽を聴きながら朝の海を見ることが、この上ない幸福なのだ。

こうして、ライオンの家での私の一日が始まる。

ただ、基本的な暮らしは、食べることと寝ることだけだ。食べる、寝る、食べる、寝る、食べる、寝る、食べる、寝る。その合間に、たまに「読む」が入ったり、「歩く」が入ったりする。希望すれば、マッサージやアロマセラピーも受けられるし、マドンナの部屋にある大きいバスタブに浸かることもできる。

最初は単調すぎて退屈してしまうのではないかと恐れていたけど、杞憂だった。単調なリズムの中に彩りがあり、驚きがあり、少しも飽きない。ここに来て、私は食べ物のおいしさに開眼した。今までだって十分おいしい食べ物は知っているつもりだった。けれどライオンの家での食事は、それとは違った種類の、魂に直接響くような味だった。

気がつくと私は、毎回毎回の食事を待ちわびるようになっていた。料理には、島でとれた柑橘類がふんだんに使われている。私は昔から、蜜柑《みかん》をはじめとする柑橘類が大好きなのだ。店で買うとびっくりするような値段のする柚子《ゆず》の絞り汁だって、ここでは思う存分好きなだけ使っても許してもらえる。一人暮らしをしていた時、もったいなくてほんのちょっとしかかけられなかったのは、一体なんだったのだろう。

食事は一日三回で、朝はお粥、昼は食堂でのバイキング形式となり、日替わりでサンドウィッチや太巻き寿司、スープやお味噌汁が用意される。そして夜は、ひとりひとりにお膳が出された。

基本となるのは精進料理だが、完全に野菜だけということではなく、お昼のサンドウィッチにはハムが挟んであるのもあったし、夜は、希望すると肉か魚、もしくはその両方を食べることもできる。嬉しいことに、魚は百パーセント瀬戸内産だった。

ここに来て四日目の昼下がり、部屋のベッドでくつろいでいると、どこからか香ばしい香りが流れてきた。今日のお昼は、レモン風味のお稲荷さんとカサゴのお味噌汁だった。おなかには、まだその余韻が漂っている。

気になってドアを開けると、ますます香りが強くなる。これは間違いなく、コーヒーの香りだ。香りに誘われるまま、私はふらふらと廊下を歩いた。香りの出処は、廊下の突き当たりの部屋だ。入り口のプレートに、「マスター」と書かれている。そのまま香りを嗅いでいたら、ドアが開いて、奥からシマさんが顔を出す。

「今日、マスター調子いいから、コーヒー、淹れてくれるって。雫ちゃんも、並んだら」

いつの間にか、シマさんも私の名前を覚えてくれたらしい。おずおずと中をのぞくと、そこにはすでに行列ができている。

「どうぞ」

私と目が合うと、マスターは渋い声で言った。私のとほぼ同じ広さの部屋が、即席のカフェになっている。かすかに、ジャズの曲が流れていた。

マドンナも並んでいたので、小声でたずねる。

「コーヒー、私もいただいていいんでしょうか？　カフェインを摂りすぎるのは良くないと思って、ずっと控えてたんですけど」

本当は好きなのに、闘病中は我慢して飲んでいなかった。

「ここでは、好きなものはなんでも、食べたり飲んだりして結構ですよ」

それから、マスターの淹れてくれるコーヒーは世界一です、と例の三日月アイでつけ足した。

テーブルの上には、コーヒーを淹れるための道具が並んでいる。マスターの、仕事道具だろうか。私がぬいぐるみを選んで持ってきたように、マスターは終の住処にコーヒーを淹れるための道具を持ってきた。等間隔に並んでいるフラスコには、さっきからぽたぽたと焦げ茶色の雫が落ちている。

年の頃は、五十代後半、いや、六十代前半かもしれない。この病気をすると急に老け込むので、ひょっとするともっと若いのかもしれない。仕立ての良さそうなシャツを着て、ズボンはサスペンダーでとめている。首元には蝶ネクタイが結ばれていた。それが、不思議なくらい似合っている。もしも父が同じ格好をしたらと想像し、私は思わず吹き出しそうになった。

マスターは、海を背にして真剣な眼差しを浮かべ、コーヒー豆にお湯を注いでいる。あの、注ぎ口が極端に細くなっているジョウロみたいな形をした容器をなんていうのか、思い出せない。マスターの傍には電熱器が置いてあり、そこにのせられたヤカンから、常に湯気が立っている。

電動ミルで豆を挽く時だけ、ものすごい音がした。コーヒー豆も、マスターが自分で持ち込んだのだろうか。マスターの所作には無駄がなく、一連の美しい創作ダンスを見ているようだった。

私の順番が回ってくると、マスターは私に一礼し、コーヒー豆の中央にお湯を落とす。ぷくぷくと、奥から小さな気泡が湧き上がってくる。その泡が、光を反射して虹色に光った。

「どうぞ」

マスターから差し出されたコーヒーカップを、うやうやしく、まるで卒業証書を受けるように両手で受け取る。カップの下にはお揃いのソーサーがあり、銀色のスプーンとキスチョコまで添えてある。

「お砂糖とミルクは、お使いになりますか？」

マスターの渋い声に、私は思わず、結構です、と答えてしまった。でも本当は、お砂糖もミルクも、ちょっとだけ欲しかった。

「なーんかマスター、それって依怙贔屓《えこひいき》じゃないですかー？」

私がコーヒーカップを持ち上げて飲もうとしたちょうどその時、後ろに並んでいた女性が言った。

「ですよねー、僕もそう思います」

いつの間にか、背後にアワトリス氏が立っている。

「だって、そのカップアンドソーサー、ジノリの、ふだん出さない特別なやつじゃないですかー」

その女性が言えば、

「僕なんて、マイカップ持ってこないと、淹れてもらえないっすからねー。これは完全に、不平等です。マスターは要するに、むっつり系スケベなんですよ。若い女性には、明らかに特別待遇しますもんねー」

私、もうそんなに若くないです、と思いながら、ふたりのやりとりを聞いていた。ふたりとも本気で怒っているわけではないとわかっていても、なんとなく肩身が狭かった。

じっくりと味わって飲みたかったので、自分の部屋に持ち込んで海を見ながらコーヒーを飲む。生きててよかったね、とコーヒーから囁かれているような気持ちになった。苦いのに苦すぎず、濃いのに濃すぎず、絶妙な塩梅だ。これなら、砂糖もミルクも、必要ない。

ライオンの家にいると、病気になる前の自分を思い出すことができる。コーヒーが好きだったことも、そのひとつだ。もう長らくコーヒーから距離を置いていたので、自分がコーヒーを好きだったことすら、忘れそうになっていた。でも、元気な頃は、週末などの休みになると、カフェや喫茶店巡りを楽しんでいたのだ。

そういえば私、元気な頃はヨガにも通っていたんだっけ。

不意にそのことを思い出したら、またヨガをやってみたくなった。

残りのコーヒーを飲み干し、カップをきれいに洗ってから、床に毛布を敷いて、あぐらをかく。今日も、快晴だ。

ヨガの先生に教わった形を思い出しながら、ポーズを決めて、静止する。以前は簡単にできたポーズが、今はすごく難しくなっていたり、逆に以前は難しかったポーズが、意外にもすんなりできたりする。さすがにもう、怖くて三点倒立はできないけど。今の私の状況では、骨折に気をつけなくてはいけないのだ。骨がもろくなっているから、ちょっとした動作でも圧迫骨折をする危険があるという。けれど、無理なポーズをとらなくても、手足を広げているだけで、すこやかな気分がよみがえってくる。

最後は床に寝転がって手足を大の字に広げ、自分の呼吸を意識しながら瞑想した。生きている。

私、まだちゃんと生きている。

そう思ったら、ここにいる実感が海水のように満ちてきた。ぷかぷかと、海に浮かんでたゆたっている気分だった。

どれくらいそうしていたのだろう。

少しだけ開けておいたドアの隙間から、六花が部屋に入ってきた。六花は、自分の鼻先をねじ込むようにして、器用に自分でドアを開けることができる。そうやって、これまでも何度か、私の部屋にひょっこり現れていた。

「六花」

死体のポーズで目を閉じたまま、六花に話しかける。六花は、食べ物の匂いを嗅ぐみたいに、私の耳や口の周りをクンクンする。六花の鼻先が、しっとりと冷たい。そうやって私の体の匂いをすみずみまで嗅ぎ終えると、六花は私の足と足の間にやってきて、更に私の股の匂いを嗅ぎ始めた。

「そこはダメですよぉ」

図星の窪みに、六花が鼻先をぐいぐい突っ込もうとする。

「エッチな気分になっちゃったら、困るでしょう」

六花になら、そんな馬鹿みたいなことも平気で言えるから不思議だった。

六花はしばらく窪みの匂いをクンクンすると、満足したのか、私の恥骨の上に顎をのせ、そのまま眠ってしまった。くすぐったいし、なんだかちょっと恥ずかしい。でも、嫌じゃない。むしろ六花の吐息が温かくて、気持ちよかった。

手を伸ばすと、かすかに六花の頭の毛に触れた。柔らかくて、ふわふわしていて、まるで人間の赤ちゃんみたいだ。

あれは中学生の頃だったか。冬、いつも一緒に学校に通っていた近所の幼なじみと、将来の結婚や出産の話になった。成績が良かった幼なじみは、自分はキャリアウーマンになって、結婚しないでバリバリ働くと宣言した。子どもは産まず、恋多き女になって人生を終えるのだと得意げな表情になる。それから、雫ちゃんはどうするの？　とたずねた。

私はねー、男の子と女の子、最低でもひとりずつは産みたいかな。

私は言った。

彼女みたいに明確なビジョンがあるわけではなかったけれど、漠然と、お母さんになることが、私の夢だった。その頃よく、宿題もせず、子どもの名前を考えて楽しんでいた。男の子の名前も女の子の名前も、思いつくのは、自分と同じ漢字一文字の名前だった。

彼女はあれほどキャリアウーマンになると宣言していたのに、結局は大学時代に知り合ったトルコ人と結婚し、今はカナダに住んでふたりの男の子を育てている。人生なんて、本当に蓋を開けてみないとわからない。あんなに出産を願い、真剣に名前まで考えていた私は、結果的に子どもを身ごもることもなく、子宮自体を、取ってしまったのだから。

でも、と私は手を伸ばす。

ここへ来て、六花に会えた。六花が、私の子ども。

こうしていると、本当に自分の子宮で育んだ命が、私の産道を通って出てきたような、厳粛な気持ちに包まれた。

上半身を少しだけ起こして見ると、六花が私の恥骨を枕にして、気持ちよさそうに夢を見ている。何か、楽しいことをしているのか、むにゃむにゃと口元を動かしながら、豪快にしっぽを振っていた。

「六花、お散歩に行ってもいいって！」

翌日、私と六花の蜜月状態を見て、マドンナが提案してくれた。六花にハーネスをつけてから、年季の入ったリードを渡される。人生初の、犬の散歩だ。子どもの頃、どれだけこの日を望んだことか。リュックには、お昼のバイキングに並んでいたベーグルと、デザートの蒸しパンが入っている。

「行こう！」

外に出ると、六花は先へ先へと急いだ。

「六花、ゆっくりだよ。しーちゃんは、そんなに早く走れないからね」

誰もそばにいないのを確認し、私は言った。

しーちゃんというのは、父が私を呼ぶ時の愛称で、実は小学校を卒業するまで、家では自分のことをしーちゃんと言っていた。

六花はもう、道がわかっているから大丈夫ですよ。安心して、ついて行ってください。

そうマドンナが言っていた通り、六花は細い抜け道を進み、坂をずんずん上がっていく。景色を楽しみながらもっとゆっくり歩きたいのに、六花は少しも待ってくれない。六花が、ものすごい勢いで私の世界を開拓する。リードが手から離れないよう、命綱のようにぎゅっと握りしめて歩く。

てくてく、てくてく。

六花と散歩している、ただそれだけで、幸せだった。幸せ以外の感情が、心のどこをどう探しても、見つからなかった。病気になって余命が宣告されなかったら、ライオンの家にも来なかったし、マドンナにも会えなかった。レモン島の存在を知ることもなかったし、瀬戸内がこんなにいい所だと知ることもなかった。お粥のおいしさもわからなかったし、マスターの淹れてくれるコーヒーにも出合えなかった。そして、六花にも会えなかった。

「病気になるのも、悪くないよねぇ」

相変わらず、猪突猛進しそうな勢いの六花の背中に話しかける。

「決して、嫌なことばっかりじゃなかったよ。しーちゃんの人生は」

病気になって良かったとは、まだ心からは言えない。癌細胞に感謝する気持ちにも、まだなれない。でも、こんなにたくさんのギフトを恵んでくれたのは事実だ。

するとと突然、どこかから声がした。

「六花！」

その声に気づいた六花が、尻尾をピンとまっすぐに立て、威勢の良い声で、ワン！と吠える。

私が立ち止まると、六花がいよいよリードを引きちぎりそうな勢いで引っ張った。

「もう、リードを放しちゃって大丈夫です」

私の様子を見ていたその人が、言った。リードを手放すと、六花は疾風のように駆けていく。その人は、畑の中にいた。

「こんにちは」

六花に遅れて畑へとたどり着く。六花は興奮した様子で、畑の中を縦横無尽に走り回っている。そこは、葡萄畑だった。

「こんにちは」

畑にいたのは、私と同世代か、少し年下に見える男の人だ。かぶっていた格子柄のハンチングをわずかに持ち上げ、挨拶する。

「いい眺めですね」

海の方を振り返って、私は言った。はるか下に、青い海が輝いている。

「ほんと、この畑からの眺めが、僕、一番好きです」

彼は言った。

「私、ライオンの家の」

私が言いかけると、

「雫さん、ですよね？　僕ら、数日前に一度、会ってます」

彼は言った。訳がわからずにいると、

「ほら、船で本州から渡ってくる時。僕、ちょうど船を手伝ってたんですよ」

彼が、少しはにかみながら言う。

「あ、もしかしてサンタさん？　赤い帽子をかぶってた」

「そうです、そうです。ほんとはあんな帽子かぶりたくなかったんだけど、船長に、今日はクリスマスなんだからサービスしろ、って言われて。まぁ、いっつも世話になってるし、それくらいしてもいいかな、って。

で、その日船でアルバイトしている、って話をマドンナにしたら、だったら雫さんが乗るはずだから、もし何か困っていたら声をかけてあげて、って言われてたんですよ」

「そうだったんですね」

そんなふうに、さりげなく見守られているとは知らなかった。

「僕、この畑を任されている、タヒチと言います。田んぼの田に、太陽の陽に、大地の地で、田陽地です。よろしくお願いします」

タヒチ君が手を差し出したので、私も手を伸ばして握手した。

タヒチ君と、タヒチ君が自分で作ったという東屋のベンチに座って、一緒にレモネードを飲む。レモネードを飲んでいたら、むくむくとおなかがすいてきた。お昼のお弁当を持ってきているので、一緒に食べていいか聞いたら、タヒチ君も持ってきたおにぎりを食べるというので、一緒に海を見ながらランチをする。

お弁当を出したら、いきなり六花が飛んできた。六花には、舞さんが焼いた犬用のビスケットを持ってきている。

タヒチ君は、この島で生まれ育った訳ではなく、五年前からレモン島に移住し、葡萄を育て、ワイン作りに励んでいるそうだ。五年前といえば、私に病が見つかった時だ。私が病と闘っている間、タヒチ君はここで葡萄を育てている。

「この島、昔はレモン栽培がさかんだったんですけど、農家の人も高齢になったし、安いレモンが外国から大量に入るようになって、レモン栽培をやめちゃってる人が多いんです。それで、荒れ放題になっていた耕作放棄地に、今度は葡萄の苗木を植えて、島特産のワインを作ろう、ゆくゆくは瀬戸内ワインを世界に発信しよう、っていう壮大な計画なんです」

タヒチ君は、なんでもないことのようにさらりと言った。

「ワインはお好きですか？」

と聞かれ、はい、と神妙に答える。

「だったらぜひ、僕らの作ったワイン、飲んでみてくださいね。ライオンの家にもあるはずですから」

おにぎりを頬張りながら、タヒチ君が言った。私は相槌を打ちながらも、ベーグルにかじりつく。こんなにおいしいなら、もっと持ってくればよかった。

「もとはといえば、マドンナが言い出しっぺなんですよ。ここの瀬戸内ワインの。ホスピスの人たちが飲む、いいワインを作りたいって。モルヒネワインって、あるじゃないですか？　あれを、島で作ったワインでやりたい、って。最初はみんな笑って相手にしなかったみたいなんですけど、いつの間にかプロジェクトが進んで、僕も気がついたら島に呼ばれてたんです」

タヒチ君は、おいしそうにおにぎりを頬張る人だった。ぷーんと、湿った海苔の香りが流れてくる。

「モルヒネワインのことは、聞いてます。痛みが辛くなったら、いつでも飲める、って言われました。でも、私はまだ、大丈夫そうなので、飲んでません。

だけど、ワインだけ飲んだって、いいんですものね」

コーヒー同様、アルコールも体に悪いんじゃないかと思って、久しく飲んでいなかった。

「ぜひ、ワインが好きだったら飲んで感想を聞かせてください。ようやく今年くらいから、本格的に飲めるようになったんです」

ワインの話になると、タヒチ君の声にはとたんに張りが出る。

タヒチ君と話し込んでいたら、足元にお座りしていた六花が、きゅぅ、と甘えた声を出した。

「ほら」

タヒチ君が、六花用のビスケットを割って六花の口に入れる。カリカリ、カリカリ。六花は、いつも通りのいい音を響かせた。

「こいつ、本当に食いしん坊ですよね」

タヒチ君に撫でられると、六花は気持ちよさそうに体をそらせた。

「この場所、僕がいない時でも好きに使ってくださいね。まだ寒いけど、昼寝もできるし、本とか読むのも、気持ちいいですから」

私が帰り支度を始めていたら、タヒチ君が言った。仕事中のタヒチ君を、これ以上邪魔してはいけない。

「また遊びに来ますね」

私が言うと、タヒチ君は再び格子柄のハンチングを軽く持ちあげてお辞儀をする。六花にリードをつけて、今度はてくてく、坂道を下りていく。帰りは行きほど引っ張らなかった。

「六花、ありがとう」

私は言った。六花が私に、タヒチ君を紹介してくれたのだ。

「しーちゃんが元気な体だったら、恋に落ちちゃってたかもしれないよー」

六花は、そんな私からの意味深発言も聞き流して、ひたすらライオンの家へ向かって歩いていく。

今夜は、追加でお肉をお願いしよう。そして、タヒチ君のワインを飲んでみよう。

日曜日の午後三時、おやつの間に人が集まった。

先日行われたカンファレンスの時、隣の島から来てくれた終末期医療専門の医師や、ケアマネージャーさん、ヘルパーさん、薬剤師さんの姿もある。知っている人には、軽くほほ笑んで挨拶した。

日曜日のおやつの時間を待ちに待っていた訳でもないけれど、全く興味がなかったかと言えば嘘になる。私だって、かつては甘い物に目がなかった。だけど一時期、そんな大好きなおやつさえ、薬の影響なのか、おいしく喉を通らなかった。それ以来、甘い物を食べるのが、ちょっと怖い。

「今日のおやつは、何でしょうね？」

早めに来て暖炉に近い席を確保していたら、アワトリス氏がやって来て、平然と私の隣に着席する。マスターがこっち側の空いている席にきてくれたらいいのに、と期待していたけれど、どうやらマスターは、この会には参加していないらしい。

「雫ちゃんは、もうリクエスト、書いたんですか？」

アワトリス氏が、うんと顔を近づけて、私の方へ接近する。もしかすると、アワトリス氏は目が悪いのだろうか。アワトリス氏の言い方が、どことなくお説教ぽかった。

「まだですけど」

悟られないよう少しずつ距離を離しながら答えると、

「早く出さないと、お尻ペンペンですよー」

アワトリス氏が、また顔を近づけてくる。明らかに近づきすぎだ。

「何をリクエストしたらいいか、まだ考えがまとまらないんです」

私はアワトリス氏との距離をもう一度さりげなく離すようにして、さらりと言った。

「私はですねー」

聞いていないのに、アワトリス氏が自分の話をする。

「コンビニの、ロールケーキをリクエストしたんですよ。昔、中学生の頃に女子からプレゼントされたことがあって。でも、もうそれが売ってないんですよねー、残念ながら」

「だから、コンビニのお菓子をリクエストしたんですか？」

手作りのおやつではない、ということが、なんとなくアワトリス氏らしいように感じた。勝手にアワトリス氏の人生を空想して申し訳ないけれど、アワトリス氏が、ちょっとだけ気の毒になる。けれど当のアワトリス氏は、飄々とその時に出されたおやつの感想を述べはじめた。

「うまかったですねー。舞さんが、ちゃんとそれっぽい袋に入れて出してくれたから、ますます思い出しちゃいましたよ。あの子、今頃どうしているのかなぁ」

アワトリス氏の話を聞きながらも、心の中心では自分の思い出のおやつについて考えていた。すると、あれもこれもと様々なおやつの場面が脳裏をよぎり、逆にひとつにしぼるのが難しくなる。父が悪戦苦闘しながら作ってくれたドーナツも捨てがたいし、仲良しの友人とクリスマスに焼いたビスケットも忘れがたい味だった。

「では、始めます」

気がつくと、マドンナが姿勢を正してみんなの前に立っている。

マドンナは、静かな声で語りはじめた。そこに集う全員が、マドンナの声に耳をすます。

「私は、台湾で生まれました。戦争中、父親が台湾で警察官をしていたためです。私には、兄弟姉妹がたくさんいました。台湾時代は、家にお手伝いさんがいて、裕福な暮らしをさせてもらったそうです。ただ、台湾で生活していた頃の記憶はほとんどありません。

日本が戦争に敗れ、私の両親は、子ども達の手を引いて、日本に引き揚げました。住む場所を失い、財産も没収され、親戚宅を転々としたそうです。その頃の暮らしが一番辛かったと、年老いてから、お袋はよくこぼしていました。

ある日、私が小学校から帰ると、お袋がおやつを作ってくれていました。おいしい、と言うと、台湾にいた頃、お手伝いさんに作り方を教えてもらったのだと話してくれました。名前は思い出せませんが、白い、豆腐のような食感で、台湾ではよく食べられている菓子だと記憶しております。

その時お袋が、お父さんが育てた畑で落花生がとれたから、それで作ったとかなんとか言っていたような気がします。

親父は、家族を養うために、近所の川原の土手を降りて行ったところで土を耕し、そこで畑をしていました。私には、親父が台湾で警察官をしていたことなど、想像ができません。ずっと、親父は貧しい百姓なのだと思ってきました」

それから少し間を空けて、マドンナが顔を上げた。相変わらずの三日月アイで、その奥の感情を読み取ることができない。

「調べましたところ、ここに書かれている台湾菓子は、豆の花と書いて、トウファと読む、豆乳を使ったデザートではないかと思います。

夏は冷やして、冬は温かくして食べるそうですので、今日は温かくし、ピーナツスープをかけてご用意しました」

しっとりとした声でマドンナが言うと、おやつの間にいる人たちから、ぱらぱらと拍手が起こる。シマさんと舞さんが、粛々とみんなの前に豆花を運ぶ。どうぞ、お召し上がりください、の声に続き、それぞれが豆花を食べ始めた。ほんのり温かくてほんのり甘いゆるゆるの固まりが、ふわりと喉の奥へ流れ込む。

雪みたい、と私は思った。

雪の結晶も、手のひらにのせた瞬間、姿を消す。豆花も同じだった。舌にのせた瞬間、ふわーっとどこかに消えてしまう。みんなが食べている様子を見ながら、製菓担当の舞さんが説明する。

「上からかかっているのは、ピーナツスープです。台湾では、缶詰にもなっているくらい、よく食べられているみたいですわ。今回は、なんとか手に入ったので、生の落花生を煮て作りました。体があったかくなるように、ピーナツスープには生姜の絞り汁が入ってます。それから、豆乳を固める時、豆臭さっていうんですかねぇ、それを消すために隠し味でほんの少し白醤油を入れてあります。

まだ少しおかわりできますので、欲しい人は手を挙げて教えてくださいねぇ」

独特のなまりのある伸びやかな舞さんの語り口が、心地よく耳に響いた。

ピーナツをスプーンですくって、口に運ぶ。

目を閉じて、行ったことはない台湾の町並みを想像した。

マドンナは一切、誰からのリクエストかを明かさなかったけれど、それは一目瞭然だった。豆花をリクエストしたのは、タケオさんだ。私はまだちゃんと話したことはないけれど、一度だけ、廊下を歩いていたら、今日もいいお天気ですね、と声をかけられた。優しい目をした、温和そうなおじいさんだ。

タケオさんはいまだに、器に入った豆花をじっと見つめているだけで、食べようとしない。だから、わかった。きっとタケオさんは今、その時のお母さんやお父さん、兄弟姉妹と会っているのだ。お母さんが豆花を作ったということは、その頃、少しだけ生活が落ち着いていたのかもしれないし、何かいいことがあったのかもしれない。その日初めて、お父さんの畑で落花生が収穫できたのかもしれない。

タケオさんは、じーっと、まるで懐かしい無声映画を見るような目で、豆花を見つめていた。

元日の朝は、百合根粥だった。

大晦日の前の晩から熱が出て、ほぼ熱は下がったものの、なんとなく食堂まで行く気になれず、お粥を部屋まで運んでもらう。漆塗りの赤いお椀の蓋を持ち上げると、ふわりと爽やかな香りが広がる。白いお粥の上に、黄色い柚子の千切りが散らしてある。

いい香り。

目を閉じて柚子の香を吸い込み、その香りを体の芯へ送り込む。

それから、足元にお行儀よくお座りをしている六花に、改まって挨拶した。

「新年、あけまして、おめでとうございます。今年も、よろしくお願いします」

六花に、お年玉として新年スペシャルの特大豚骨をプレゼントすると、六花は自分だけの居場所でむさぼりたいのか、それを口にくわえたまま、図書室の一角にある自分のテントへ足早に駆けていく。

こんなふうに年を越せるなんて、夢にも思っていなかった。ほぼ身寄りのない私は、もしかすると野垂れ死にするんじゃないかと本気で心配していたくらいだ。

百合根粥を口に含むたび、幸福感が花火のように弾け飛ぶ。じっくりと味わって食べたいのに、匙は、次から次へと新たな粥を口に運ぶ。今日は、いつものマイお箸ではなく、袋に名前が書かれた新しい箸だ。アワトリス氏の箸袋にも、「粟鳥洲友彦さん」とまじめに書かれているのを想像するとおかしくなる。

食後、今日こそはまたマスターの淹れてくれるコーヒーが飲めるんじゃないかと期待していたけれど、今日もマスターの部屋からコーヒーの香りが漂うことはなかった。残念、と思いながら、部屋でタンポポコーヒーを淹れて飲む。熱が下がったばかりの体が、なんだか妙に心地よかった。体の外側を覆う薄皮が、ぺろんとそのまま剝けたみたいに、体が軽くなっている。

音楽を聴こうとスマートフォンをいじっていたら、コンコン、と部屋のドアがノックされ、ヘルパーさんに付き添われた車椅子の女性が入ってきた。彼女は、黒に近い灰色の修道服に身を包んでいる。

「お年玉ですよ」

修道服姿のおばあさんは、とてもゆっくり、できたての薄い氷の上に一歩ずつ足をのせるような喋り方をした。

お年玉として渡されたのは、毛糸で編んだ編み物だ。苺の形をしている。

「コースター?」

私もゆっくりたずねると、

「えーっとねー、アー」

おばあさんが口ごもる。その様子を見て、後ろに立つヘルパーさんが補足した。

「アクリルタワシ、ね。シスター、みんなにお年玉渡すって、去年から張り切って編んでたんですよ」

ヘルパーさんの言葉に、シスターと呼ばれた女性がにっこり笑う。

「余命数日って言われて、緊急退院してライオンの家に来たんだけど、毎朝お粥が楽しみなのと、また大好きな編み物ができるようになったら、みるみる元気になっちゃって。認知症とか心不全とか、他にもいろいろあるんだけど、ここにいると寿命が延びたのね。だからまだ、お迎えが来ないの」

ヘルパーさんは、私とシスター、両方に話しかけているようだった。

「シスターっていうのは？」

さっきから引っかかっていたことをヘルパーさんにたずねる。

「彼女はね、ずっと修道女として生きてきた方なのよ。シスターだった頃は、自分にも他人にも本当に厳しくて、人も動物も、蚊でさえも全く寄りつかないくらいだったんだけど、病気になって、認知症にもなったら、自分が修道女だったたってことも、きれいさっぱり忘れてしまったの」

ヘルパーさんが、あっけらかんと言う。ヘルパーさんは、続けた。

「シスター、本当は修道院で暮らすのが嫌だったんだよね？　初恋の人がいたんだよね？　イエス様より初恋の源太さんの方が好きなんだよね？」

ヘルパーさんが、シスターの顔を覗き込むようにして質問を重ねると、

「源太さん」

シスターはそう言って、甘酸っぱい飴でも口に含んでいるみたいに、恥ずかしげに顔を両手で覆い隠した。その様子はまるで、箸が転がっても笑いが止まらない十代の女の子そのものだった。

シスターにだって、もしかすると全く別の人生があったのかもしれない。

ヘルパーさんから話を聞きながら、そう思った。そしてその岐路は、真逆の方を向いているのではなく、ほんの少し方角が違うくらいで、最初は別の道とは気づかずに歩き始めるのかもしれない。けれど、一度その道を進み始めたら、もう後戻りはできない。シスターは、そんな生き方を貫いてきたのだろう。

「シスターは今、お幸せですか？」

腰をかがめ、シスターの目を見つめて聞いた。そうやって見ると、シスターはお人形のような純朴な目をしている。

「お幸せ？」

逆にシスターから問いかけられた。

「どうでしょうね？」

私もわからなくなって、ヘルパーさんの方を仰ぎ見る。ヘルパーさんは、静かに言った。

「思いっきり不幸を吸い込んで、吐く息を感謝に変えれば、あなたの人生はやがて光り輝くことでしょう」

ヘルパーさんが、にこっと笑う。

「ずっと前に息子を亡くして苦しんでいた時、シスターが私に贈ってくれた言葉なんです。実はそれまで、私、シスターのことが大嫌いだったんですよ。だって、ものすごく意地悪で、性格がきつかったから。でも、その時は私の話を黙って聞いてくれて、それから、そうおっしゃったんです。そして、私もこれまで、そうやって生きてきました、ですから共に、死を迎えるまでがんばりましょう、って。

その言葉に、私、救われたんです。だから今、こうしてシスターのおそばにいるのは、その時のお礼です」

それからヘルパーさんは、がらりと表情を変えて、シスターだけを一心に見つめて言った。

「ねー、シスター。あの時、私を助けてくれたのよね。お迎えがきて天国に行ったら、源太さんと会って、ちゃーんと源太さんに告白してね」

源太さんという名前を耳にし、再びシスターが顔を赤らめる。

「こんな終わり方があってもいいな、って、私ね、シスター見てるとそう思うんですよ。私自身はいまだに無神論者なんだけど、自分の思った通りになんか生きられなくて、すべて、神のみぞ知る、なんだなーって」

「そうですね」

私は言った。なぜかシスターのそばにいるだけで、大きな木の梢に守られてそよ風に吹かれているような気持ちになる。

「人生、ままならないことばっかりだもの」

ずっと自分が感じてきたことを言葉にしてしまうと、案外、そんなものなのか、という気持ちになった。人生は、ままならないもの。それが、三十年ちょっと生きてきた私の実感だった。だけど、ままならないからこそ、その障害を乗り越える楽しさもまた、味わえるのかもしれない。今は、そう思っている。

「今日のおやつは何ですか？」

シスターが、ヘルパーさんをうながす。

「そうですね、シスター、そろそろおなかが空く頃ですね」

ヘルパーさんが、車椅子の向きをくるりと変え、部屋の外に出ようとする。ついさっき、昼食が終わったばかりだから、シスターは、自分が食事を済ませたことを、もう忘れてしまったのかもしれない。

「シスター、お年玉ありがとうございました。大事に使わせていただきます」

もったいなくて使えそうもないな、と思いながら、シスターの横顔に声をかける。シスターに何かお返しを、と思ったけれど、あいにくもう、手元にはシスターが喜んでくれそうな物は何もなかった。

「ごきげんよう」

シスターは、まるで現役の修道女がそうするように、優雅にお辞儀をした。その言葉と行為は、シスターの体にしみついて離れないのだろう。

一礼したヘルパーさんが、シスターをのせた車椅子をそっと前に押し出す。人はこうやって、また赤ちゃんに戻っていくんだな、と私は静かに納得した。

それにしても、朝のお粥が楽しみで長生きしてしまうっていうのは、私にもわかる気がした。ライオンの家には、いろんな所に人参がぶら下がっている。ここには、ささやかな希望がたくさんちりばめられている。

ベッドに横になって音楽を聴いていたら、巨大豚骨を満喫したらしい六花が私の部屋に戻ってきた。ベッドのそばにお座りし、じーっと私の方を見つめている。

来る？　と掛布団のふちを持ち上げたら、一瞬間をおいてから、ぴょんとジャンプして私のベッドに潜り込んだ。

六花の体から、生々しい獣の匂いがする。特大豚骨をむさぼったせいだろう。

六花はしばらく私の布団の中を探検すると、おもむろに私の顔に近づき、私の腕というか肩を枕にして目を閉じる。しばらくすると、安らかな寝息が聞こえてきた。

かわいい、という言葉を、百個並べても、千個並べても、一万個並べても、私の中に沸き起こる「かわいい」の感情には追いつけない。まるで泉からこんこんと甘い水が湧き出るように、たえず、私の体の奥底から、ある感情が湧き上がってくる。そしてその感情は、私の爪先や髪の毛、奥歯の裏、内臓のすみずみにまで浸透する。

きっとこれを、人は母性と呼ぶのだろう。

私の体は、母性のエキスで、今にもはちきれそうになっていた。六花が愛おしくて、愛おしくて、たまらなかった。

いつの間にか、私も眠っていた。相変わらず、六花は私の腕枕で休んでいる。夢を見ているのだろうか。時々、体をビクッとさせたり、脚を動かしたりする。でも、圧倒的に多いのは、口をもごもごと動かす仕草だった。夢の中で、六花はどんなご馳走を食べているのだろう。想像すると、愉快になる。

六花、会えてよかったね。

そう思ったら、不意打ちのように涙が出た。

決して規則的ではない心臓の鼓動、あずき色の鼻に浮かぶ小さな水滴、いつもつけている目やに、少しかさついた脚の裏の肉球、あくびをした時にプンと漂う独特の口の臭いも全部全部ひっくるめて、私は六花を丸ごと好きになっていた。

せっかくの快晴だし、新年だし、少し外を歩きたいような気もしたけど、六花が気持ちよさそうに眠っているので、私もそのまま、六花の横で添い寝をする。六花の頭は結構重くて、ずっとのせていると腕が痺れそうになったけど、それも我慢できる程度だった。

それよりも、私はずっと、六花とこうしていたかった。六花はまるで湯たんぽのように、私の心と体を両方同時に温めてくれる。

その晩から、私と六花は、同じベッドで眠るようになった。清潔な寝床に犬を上げて怒られるのではとハラハラしていたけれど、マドンナからも、他のスタッフからも、何も言われないのでホッとした。

ただ、このことを知ったアワトリス氏からは、何度も、いいなー、いいなー、六花ばっかりずるいなー、オイラも犬になりてー、などと軽口をたたかれた。そのたびに私は無視して、アワトリス氏の言葉を聞かなかったことにした。

タヒチ君からメールが届いたのは、三日の夜だった。

食事を終えて部屋に戻ると、「新年」というタイトルのメールが入っていた。たった今、タヒチ君の作った赤ワインを飲んだばかりだった私は、びっくりした。グラスに一杯だけだったけど、いい感じに酔いがまわっている。今夜のお肉は、鴨の塩釜焼きだった。

雫さんへ。

あけまして、おめでとうございます。

どんな新年を迎えてますか？　初日の出、絶品でしたね。

ところで、突然で申し訳ないのですが、今度の土曜日、ドライブに行きませんか？

隣の島までワインの配達に行くことになったので、その日は一日、車（といってもオンボロ軽自動車だけど）が使えます。

よかったら、車で島を案内させてください。

今年が、雫さんにとって、笑顔のたえない、良い年になりますように！　田陽地

嬉しくて、何度も何度も読み返した。

この喜びをひとばん自分だけでぬくぬくと味わってから返事をするか、それとも今すぐに、行きます！　と速攻で返信を送るべきか迷いに迷って、結局すぐに返信した。


タヒチ君へ。

あけましておめでとうございます！

今年も、よろしくお願いします。

ドライブへのお誘い、ありがとうございます！！！

嬉しいです。

ご迷惑でないのでしたら、ぜひ連れて行ってください。

ちなみに、六花も一緒にいいですか？　雫より

もちろん！

お昼前に、ライオンの家まで迎えに行きますね。

どこかで、ランチ食べましょう。

それでは、いい夢を！

おやすみなさい。

田陽地

思わず、顔がにやけてしまう。

これはもしや、人生最後のデートか、と思いながら、もうすぐ私の人生は終わってしまうのに、それでも妄想がビッグバンみたいに拡張する。もちろん、ただの友情だというのは、百も承知だ。私だって、今更何かを期待しているわけではない。でも、タヒチ君みたいな好青年とドライブできるなんて、ラッキーだ。冥土の土産になるぞ、となんだかおばあさんみたいなことを思ってしまう。

「六花、しーちゃんは何を着て行ったらいいかなぁ」

さすがに、パジャマと兼用のジャージで行くのははばかられる。でも、旅立つ時のために用意した一張羅を着ていくのも、なんだか違う。

結局、ライオンの家に来る時に着ていた服を着るしかない。あの時、タヒチ君も同じ船に乗っていたのなら、また同じ服を着ているというのがばれてしまうけど、仕方がない。マドンナが手紙に書いていた通り、この島で自分好みの服を見つけるというのは、至難の業だ。

次の日は、風邪を引くといけないので、一日、暖かい部屋にこもって本を読んで過ごす。足元が暖かいだけで、なんだかすごく幸せだった。もちろん、傍らには六花がいる。

そして土曜日。

かぶるかかぶらないか最後まで迷って、結局、ウィッグをかぶって外出する。私がジロジロ見られるのは致し方ないけど、タヒチ君までその巻き添えになるのは気の毒だ。それに、私はやっぱり、タヒチ君から少しでもかわいいと思われたかった。たとえウィッグをかぶることが、偽りの姿であったとしても。

ほぼ二週間ぶりに頭にのせたウィッグは、なんだか少し重く感じた。なるべく自然に見えるよう、手ぐしでウィッグの髪をセットする。だけどもう、ブラジャーはつけたくない。

十二時ちょっと前に、タヒチ君が迎えに来てくれた。私と六花は、軽自動車の後部座席に乗り込む。確かに、お世辞にもきれいとは言えない車だった。でもそれが、逆に農夫を自称するタヒチ君らしく思えた。

港のそばに新しくできたというイタリアンでピザを食べ、その後、タヒチ君が島の反対側にある現代美術館に連れて行ってくれる。土曜日なのにほとんど観光客もいなくて、その静けさが心地よかった。どこに行っても海が見えて、レモンが光っている。

風が優しくて、光がまぶしくて、自分が生きていることを実感した。タヒチ君にいろんなことを伝えたいのに、感情は光の速さで心を駆け巡っているのに、それをうまく言葉にできない。だから、たくさん笑った。笑うことしか、できなかった。この感謝の気持ちが、少しでもタヒチ君に、そして六花にも伝わるようにと願いながら。

美術館を出てから、もう一度島をくるっと半周して、今度は長い長い橋を渡って隣の島を目指す。そこからの眺めがまた、すばらしかった。まるで、天国へと続く長い道のようだった。

「よかった」

橋を渡りながら、私は言った。タヒチ君に聞こえないなら聞こえなくてもいいや、と思いながら。

「ライオンの家に入れて、ほんとによかった。私、今、すごく幸せ」

本当に聞こえていなかったのかもしれないけれど、タヒチ君は何も言わずに、ただハンドルを握りしめていた。

タヒチ君のワインを何箇所かのレストランに届けてから、また長い長い橋を渡ってレモン島に戻り、車を停めて神社の参道にあるカフェでお茶をする。古い役場を改装した、とてもかわいいカフェだった。そこには、六花も入れるという。

カウンターに、様々な種類の柑橘類が並んでいる。黄色い色を見るたびに、心の夜空にまたたく星が増えていく。

そこにも、タヒチ君のワインが置いてあった。私が未練たらしく見つめていたのだろうか。

「よかったら、飲んでくださいね。僕が責任を持ってライオンの家まで送り届けますから」

タヒチ君が気をきかせて言ってくれる。

六花は、カフェのスタッフから林檎をもらって大はしゃぎだ。六花は、どこに行っても人気者だった。

タヒチ君のお言葉に甘えて、赤ワインをグラスで頼む。それと、少しおなかが空いていたので、チョコレートブラウニーも注文した。タヒチ君が頼んだのは、柑橘類のフレッシュジュースだ。

そばに近づけてくれたオイルヒーターに手のひらをかざしながら、私は聞いた。

「なんで、ワインを作ろうって、思ったんですか？」

今日一日、ずっと、そのことを聞いてみたいと思っていた。

「雫さん、いきなり、直球だなぁ」

タヒチ君が、苦笑いする。でも私には、時間がない。変化球を投げて遊んだりしている余裕はないのだ。タヒチ君は、言った。

「葡萄の栽培って、ひとつひとつの作業は、めちゃくちゃ地味なんだよね。土を耕したり、苗を植えたり、虫をとったり。芽かきとかは必要だけど、葡萄を育てるのは基本的にお天道様や雨や風だし、人間ができることは少なくて、とにかく見守っている、というか。もちろん、実を摘み取ったりするのは、人にしかできないけど。醸造も、自然の手に委ねることしかできない、っていうのが実際のところで、こういうワインを作りたいからって、すべて人の力だけでそれができるか、って言われるとそんなことは全然なくって。正直、できてみないとわからないんだ。とにかく、自然が偉くて、人の力は微々たるものっていうかさ」

タヒチ君の頼んだフレッシュジュースが思いの外手間がかかるらしく、私たちの前にはまだ何も運ばれてこない。タヒチ君は、続けた。

「僕の仕事の基本は、見守りなんだよ。あ、これはやばいぞ、って時は手を出すけど、基本的には自然任せ。

でも、その結果、あっと驚くようなワインができるんだよね。その一口で、飲んだ人の人生そのものまで変えてしまうような力が、ワインにはあるような気がして」

そこでようやく、飲み物が来た。

タヒチ君と、ささやかに乾杯する。私は、ワインに関して全然詳しくはないけれど、タヒチ君たちが手がけたワインは、とびきりおいしい。最初はきゅっとひきしまっているのだけど、飲んでいくうちにふわりと花びらが開くような感じになって、最後の一滴を飲み干す頃には、心の隙間いっぱいにお花畑ができている。すると、

「あー、ちゃんと泣いてるね。よかった」

タヒチ君が言った。自分でも気がつかないうちに涙を流してしまっていたのかと、目じりに指を当てると、タヒチ君が、ごめん、ごめん、と謝った。

「雫さんじゃなくて、グラスについている涙のこと」

ますます、わからないことを言う。ぽかんとしていたら、タヒチ君が教えてくれた。

「職業柄、つい気になっちゃうんだけど、ほら、ここに、ワインの雫が流れた跡が

見えるでしょ？　これを僕たち、ワインの涙って呼んでて、これで、そのワインのアルコール濃度と糖度がわかるんだ」

タヒチ君は、ワインの流した涙がはっきり見えるよう、ワイングラスをろうそくの明かりに近づけて見せてくれる。

「さっぱりしたワインだと涙の跡はほとんど残らないし、コクのあるワインだと、大泣きしたみたいにはっきりと跡が残るんだよ」

私の手元にワイングラスを戻しながら、タヒチ君が説明した。

「そんなこと、全然知らずに飲んでた」

でも、ワインが涙を流すなんて、なんだかちょっと素敵な話だ。

チョコレートブラウニーをフォークで崩して口に含む。目を閉じて、口の中でゆっくり転がす。それからまた、ワインを飲む。同じことを何度か繰り返してから、私は言った。

「タヒチ君の味がするなぁ」

別段、深い意味はなかった。けれど、いきなり名前を出されたタヒチ君は、みるみる顔が赤くなる。とうとう、耳の先まで真っ赤になった。何か失礼なことでも言ってしまったかな、と反省したけど、でも、本当にそうだった。グラスの中の赤ワインは、実直で清らかで優しくて、お日様の温もりがあり、大地の力強さがあって、まるでタヒチ君みたいだと感じたのだ。タヒチ君は、まさに自分の名前にぴったりな人生を歩んでいる。

まだ少しタヒチ君と向かい合っていたくて、ワイングラスをくるくるしながら、残りのワインをもてあそんだ。冬至を過ぎたせいか、少し、陽が長くなったように感じる。

古い町並みを背景に、おじいさんが、手押し車を押しながらゆっくりゆっくり歩いていく。その横を、ジャージ姿の中学生が自転車で追い越す。さっきから、カフェには静かなピアノの曲が流れていて、タヒチ君がリズムをとっている。

タヒチ君の指は、体のわりに太くて、節がごつっとしていて、いかにも大地を耕す人の手のひらだった。その手のひらを見ているだけで、私はなんだか嬉しくなる。時間だけが、綿毛のようにふわふわと、軽やかに流れていた。

私が最後の一口を飲み干すのを待って、タヒチ君が言った。

「この先に、昔からのすごくいい神社があって、そこにある樹齢三千年のクスノキも見応えがあるし、あと、近くにちょっと面白いお湯の温泉もあります。それか、僕が気に入っているビーチも、この時間だったらまだ間に合うかも」

全部、とはさすがに言えなかった。

「どれも気になるけど、どれかひとつ選ぶなら、ビーチかなぁ」

きれいな水のそばに行って、深呼吸がしたい。

「では、これから海を見に行きましょう」

言いながら、タヒチ君がさくっと立ち上がった。その言葉に、おとなしく伏せていた六花が、いきなり起き上がって胴震いをする。お会計を済ませて外に出ると、空がうっすら暮れなずんでいた。

「わー、ロゼワインみたい」

私が言うと、

「ほんとだ、渋みと甘みのバランスが絶妙だな」

まるで、舌の上で実際にロゼワインを転がしているみたいな表情を浮かべて、タヒチ君がつぶやく。

海岸までは、車で五分ほどだった。不安になるほどひとけの全くない細い道を進んだ先に、ひっそりと海が広がっている。

ゆるく弧を描く海岸は、神さまの両腕ですっぽりと抱擁されているようだ。今にも朽ちそうな小舟が一艘、頼りなさそうにゆれている。車のドアを開けると、六花が勢いよく飛び出した。そのまま、海に向かって駆けていく。

「足元、見えづらいから、よかったら僕につかまってください」

車を降りると、タヒチ君が自分の腕を差し出した。せっかくなので、タヒチ君と腕組みをして歩く。潮が引いたばかりなのか、砂はしっとりと濡れている。足元には、海藻やガラスや貝殻が落ちている。

波打ち際まで歩いてから、タヒチ君と組んでいた腕をほどいた。いくつか、星がまたたいている。唇をかんで必死に涙をこらえているみたいだ。

「寒くない？　よかったらこれ、使って」

タヒチ君が私の体を気遣って、自分のマフラーを貸してくれた。

「ありがとう」

タヒチ君からの厚意を素直に受け取り、タヒチ君の温もりが残るマフラーを、自分の首に巻きつける。

「あったかくなった」

闇にまぎれそうな島影を見ながら、私は言った。船が、静かに海を渡っていく。その場にしゃがみ込んで海を見た。

「やっぱり、こんなに穏やかな海を毎日見て育ったら、瀬戸内の人は温和な性格になるね」

このまま静寂に流されてしまったら、私の中でタヒチ君に対するよこしまな感情が芽生えそうだった。だから、何か言って流れを止めなきゃ、と思って私は言った。

「僕も、こっちに住むようになってから、以前より怒ることが少なくなったかも。

それってやっぱり、この海っていうか、瀬戸内の気候のおかげかな」

「タヒチ君でも、怒ったりするんだ」

意外に思って私が言うと、

「怒るさー、僕だって。もともとは短気っていうか、物事を悲観的にとらえる方だったし」

言いながら、タヒチ君も私の隣にしゃがみこむ。

「でも、ワイン作りをするようになってから、自分の思い通りになることなんて、ほとんどないんだな、って気づかされたというか。腹を立てて怒ったところで、相手を傷つけるだけだし、自分も疲れるし、いいことないよね。この仕事をするようになって、気が長くなったのは確かだよ」

「そうだよね。私も最初はすんごく怒ってたの。怒ってたっていうか、イカってた。自分の病気に対して。なんで自分ばっかり貧乏くじ引くんだろう、って」

私は言った。このことを、あまり人に打ち明けたことはなかった。自分が病気に対して怒っていたということに、もうひとりの自分がまた怒っていた。

だけど、どんなに怒って地団駄を踏んでも、癇癪を起こしても、ぬいぐるみを片っ端から壁に投げつけても、一晩中声をはり上げて泣いても、なにひとつ解決しなかった。解決しないどころか、事態はますます深刻になった。こんなふうに、きれいな海を見て素直に心が癒されるようになったのは、下手にあがくことをやめてからだ。それは、よく考えるとつい最近の話だった。

「お願いしてもいいかな？」

絶対に今しか言えない、と思って私は言った。タヒチ君は、黙って私の声に耳を傾けている。私は続けた。

「私が死んだらさ、ここに来て、空に向かって手を振ってもらいたいの。その時は、六花も一緒に連れてきてほしいんだ。私も、がんばって手を振るように努力するから」

タヒチ君をしんみりさせないよう、なるべく明るい声を出す。

「私ね、死んだらどうなるんだろう、って、ちょっとだけ楽しみなんだ。負け惜しみとかじゃなくて。だって、幽体離脱とか、あの世とか天国とかお花畑とか、興味あるもの。だけど、自分がどうなっちゃうんだろうっていう不安も、まだちょっとだけ残ってるの。でも、その時にお楽しみがあったら、そういう不安が少しは解消されるんじゃないか、って考えたの」

「お楽しみ？」

「そう、死んだ後のお楽しみ。今も、ライオンの家にいっぱいあるよ。馬の前に人参ぶら下げて走らせるみたいに、朝のお粥とか、お昼のバイキングとか、夜の一汁三菜とか、日曜日のおやつの時間とか。なんだか全部食べ物関連だけど、そういう人参が、いっぱいぶら下がってる。だから、その延長で、死んだ後にもお楽しみがあったら、救われる気がするの。それに向かって、それ欲しさに前に進めるっていうか。

だから、この海岸から夕ヒチ君が手を振ってくれる、そこに六花も連れてきてくれるって約束してくれたら、私にとってはそれが人参になる。それが待ってると思うと、ちょっとワクワクするっていうか」

「いいよ、約束する」

この気持ちが少しでも伝わることを祈りながら、私は言った。

星たちに宣言するような声で、タヒチ君は言った。タヒチ君ならきっと、約束を守ってくれる。

「でも、いつのタイミングで手を振ればいいの？」

タヒチ君が具体的なことを聞いてくるので、

「そうだよね。それを決めとかなくちゃね」

私は言った。確かに、いつというのを約束しておかないと、タヒチ君はずっとこの海岸から手を振らなくちゃいけないことになる。

「じゃあ、私が死んで、三日目の夕方とか？」

一週間じゃ長すぎるけど、次の日というのも早急すぎるなと思い、間をとって三日というのを提案した。

「了解」

「よろしくお願いします」

それから、ぴょこんと立ち上がった。タヒチ君も、私の横に立っている。

波がすーっと引いていく。そのまま私も、波に導かれて海のかなたへ連れて行かれそうになる。

その時、私は自分でもわけがわからないくらい、キスがしたくなった。

誰でもいい、というのではないけれど、タヒチ君だから、というのとも、少し違う。でも、とにかく誰かの温もりで、自分の唇をふさいでほしいと切実に願った。もう、我慢できなかった。

隣に立つタヒチ君の顔に自分の顔を近づけて、キスをした。はじめての相手とのキスを自分からするなんて、それこそ人生初の試みだった。

タヒチ君の頭や顔を両手で包み、私は自分がしたいようにタヒチ君の唇を、文字通りむさぼった。気がつくと、私はライオンが獲物の内臓にむしゃぶりつくみたいに、タヒチ君の唇に吸いついていた。

自分でも何が何だかわからなかった。終わってから、どう弁解していいかもわからない。でも今は、そうしている以外に道がなかった。ここのポイントを通過しなかったら、この先どこへも進めないように思えた。

途中から、タヒチ君も私と同じように私の唇をむさぼった。甘い花の蜜を吸うように、私たちはお互いに相手の唇を吸い込む。タヒチ君は、泣いていた。多分私も、泣いていたと思う。

どのくらいそうしていたのかわからないけれど、もうこれが潮時かもしれないと思い、私はタヒチ君の顔から静かに離れた。

「ありがとう」

それ以外の言葉が見つからない。タヒチ君は、何も言わなかった。言わないかわり、私を強く抱きしめた。タヒチ君の鼓動が、すぐそこで鳴っている。ここで、人生が終わっちゃえばいいのにな。そう願ったけれど、空は確実に暗くなっていて、世界はもう、夜の気配に満ちていた。

「六花！」

大声で呼んだのは、タヒチ君だ。ついうっかりタヒチ君とのキスに夢中になって、六花と一緒に来ていることを忘れていた。

数秒後、六花が海岸の端から流星のように駆けてくる。そしてそのまま、私の体にジャンプした。口元と脚が、砂まみれになっている。一緒に遊ぼうと誘うように、何度も何度も私の体にジャンプした。

車に戻り、エンジンをかけながら、タヒチ君は言った。

「今日一日、付き合ってくれてありがとう」

「それは、こっちが言いたいよ。タヒチ君、本当にありがとね」

私の言葉に、タヒチ君がぺこりとお辞儀をする。

「よかったら、どっかで晩飯でも食べますか？」

車を発車させたタヒチ君が、スマートフォンで時間を確認しながら言う。もう、夕方の五時半を過ぎている。

グイッと、後ろ髪を引っ張られた。でも、強い意志で、私は言った。

「家に帰ることにします。六花のご飯も、持ってきてないし」

意識して、ライオンの、を省略する。今の私にとって、ライオンの家は、家そのものというか、心も体も当たり前のように帰って眠りにつく場所になっていた。

「そうだね。あそこの食事が、結局島で一番おいしいって評判だし」

島の外側を一周する道路を、反時計回りに走ってライオンの家を目指した。さすがに半日ずっと外にいたので、疲れている。帰ったら、ゆっくりシャワーを浴びたかった。

さっきワインを飲んだのと、車の中の暖房が効いてきたのとの相乗効果で、瞼が重たくなる。タヒチ君とキスしたことが、はるかに遠い、まるで前世での出来事に思えた。

六花は、私の太ももを枕にして、すっかり眠りこけている。時々、いびきをかくので、その音が、タヒチ君に私のだと思われないよう、私はがんばって目を開けて、何かしらタヒチ君に話しかけた。けれど、意識とは裏腹に、うつらうつらしてしまう。脳裏には、父と出かけた帰り道の、車での光景がよみがえっていた。

窓の向こうには、夜の世界が広がっている。首に巻いたマフラーから、タヒチ君の匂いがする。一瞬だったが、気絶するような深い眠りに包まれた。

「着きましたよ」

目を開けると、ライオンの家の前にいる。もう一度タヒチ君にお礼を言って、車をおりる。マフラーは、後部座席にきちんと畳んでお返しした。

「また、葡萄畑に遊びに行くね」

さっきのキスをなかったことにするつもりはないけれど、だからと言ってあれがきっかけで、私たちの関係が急激にどこか別の次元へ瞬間移動するというのも現実的ではなかった。だから、私はまた普通に、以前と変わらず、タヒチ君の畑を訪問しようと決めた。

あの場所から眺める海と空が好きだから。

それに、タヒチ君のこともほんの少し好きだから。

「じゃあ、また」

タヒチ君も、きっと同じ気持ちだったと信じている。

タヒチ君の運転する軽自動車が見えなくなるまで、私は六花と並んで手を振りながら見送った。

その光景が目に入ったのは、ライオンの家に戻ろうとして、体の向きを変えた時だ。玄関前の太いろうそくに、火が灯っている。風にあおられるたび、周囲に伸びる影が大きく体をくねらせる。まるで、火そのものに感情があり、何かを訴えているように見える。私がここに来てから、初めて見るろうそくの明かりだった。

ライオンの家に滞在する終末期の私たちは、ゲストと呼ばれている。そして、ゲストが亡くなると、二十四時間、エントランスのろうそくが灯される。ゲストの亡骸は、この正面のエントランスから出て、荼毘《だび》にふされるのだ。病院で亡くなった場合は、そうではない。亡骸は、人の目になるべく触れぬよう、ひっそりと裏口から搬出される。

事前に送られてきたライオンの家の案内に、そのことが書かれていた。

靴を脱ぎ、自分の部屋へと歩いていると、向こうからマドンナがやって来た。私の表情から、何かを読み取ったのだろう。

「つい一時間ほど前でしょうか。マスターが旅立たれました。

ご冥福をお祈りしましょう」

一時間前といったら、私がタヒチ君とビーチにいる時だ。

「雫さん、マスターにお別れしますか?」

マドンナが、そっと背中に手をそえる。

「どちらでもいいんですよ。雫さんのいい方で」

「お別れします」

少し考えてから、私は答えた。

「では、マスターのお部屋に参りましょう。マスターもきっと、喜ばれると思います」

亡くなった人を間近で見るのは、実は初めてだった。まだ、心の準備ができていない。マスターの横には、マスターがコーヒーを淹れるために使っていた仕事道具が、整然と並べられている。それらはまるで、マスターの死を悲しむために集まった旧知の友人たちのようだった。

「マスター、おいしいコーヒーを、ありがとうございました」

小さな声で、私は言った。それ以外の言葉が、見つからない。

ベッドに横たわるマスターは、きちんと正装している。胸元には、あの時と同じ、光沢のある素材の蝶ネクタイが結ばれている。今にも起き出して、みんなにコーヒーを振る舞いそうだった。

マスターの両手は、おなかの上で美しい形に組まれている。その手に、そっと自分の指をのせてみた。ひんやりとした温もりがあり、常温に戻る途中の保冷剤のようだ。

お疲れ様でした、安らかにお眠りください、と唱えながら目を閉じて合掌し、それから自分の部屋に戻った。指先に、いつまでも保冷剤の感触が残っている。

ウィッグを外すと、どっと疲れが出た。昼間はあんなに楽しかったのに、いっぱい幸せを味わってたくさんたくさん笑ったはずなのに、それがとても遠くの海原へ流されてしまって、私が手繰り寄せようと手を伸ばせば伸ばすほど、逆に向こうの波間へと消えてしまう。

急に体がだるくなり、ベッドの上へ身を投げるようにうつ伏せになる。心に、靄《もや》がかかるのを止められなかった。みるみるうちに、靄はどんどん濃くなって、存在感を増していく。

私も、死ぬ。遅かれ早かれ、マスターみたいに動かなくなる。

そう思ったら、なんだか今やっていることのすべてが無意味に思えて、思考回路が破綻しそうになる。息が苦しくて、呼吸ができない。私の胸に、また嵐が吹き荒れそうになっていた。


「いい加減にしてよ！　ふざけないで！」

余命を宣告されたその日、病院から帰った私は、着替えもせず、ベッドの上に身を投げた。自分が近い将来死ぬことに対して、はっきりと目に見える形での恐怖はまだ抱いていなかった。けれど、これまで我慢して我慢してなんとかやってきた治療のすべてが無駄だったという現実に、自分がとても苛立っていた。治る可能性を信じて、担当医の言葉を信じて、希望を信じて、未来を信じて、あの苦しみに耐えていたのに。

「だったら、最初からやらなきゃよかったんだよ！」

何よりも、抗癌剤の治療をする、と決めた自分自身に怒りが収まらなかった。結局のところ、私の場合は自分の体を痛めつけただけだったのだ。それで得たものなんてひとつもなかった。それどころか、逆に、寿命を縮めてしまった。こんな結果になるなら、最初から抗癌剤の治療なんてしなければよかったのに。そこに、一縷の望みをかけた自分自身の浅はかさに腹が立っていた。

私はベッドから身を起こすと、テーブルの上にのっていた齧りかけの食パンをつかんで、思いっきり壁に投げつけた。

「バッカじゃないの！」

手のひらに、ジャムとバターがこびりついている。病院へ行く前、食パンを焼いて食べようとしたけれど、なんだか胸がふさいでほとんど食べられなかった。本当は好きなパン屋さんでもっとおいしいパンを買いたいのに、医療費と生活費を捻出するため、スーパーの安いパンで我慢していた。

愚かにも、あの時はまだ、淡い期待を抱いていたのだ。癌が消えている現実を想像して、甘いデザートを食べた後みたいな気分に酔いしれていた。

「私の人生を返して……、元気な頃の体に戻してよね！」

食パンを投げただけでは気がおさまらず、私は手当たり次第、そばにあったぬいぐるみを壁や床に投げつけた。

一歳のクリスマスに贈られた、お人形の花子ちゃん。二歳のクリスマスに贈られた、ちょうちょのひーちゃん。三歳のクリスマスに贈られた、かえるのピョン太。四歳のクリスマスに贈られた、ねずみのチュー吉。五歳のクリスマスに贈られた、パンダのルンルン。六歳のクリスマスに贈られた、コアラのめぐちゃん。七歳のクリスマスに贈られた、謎の生き物エックス君。八歳のクリスマスに贈られた、ペンギンの銀太。九歳のクリスマスに贈られた、白熊のベアさん。十歳のクリスマスに贈られた、ブタのメアリー。十一歳のクリスマスに贈られた、ナマケモノのグー。十二歳のクリスマスに贈られた、イルカのキキ。

床の上に散らばるぬいぐるみを、更にふんづけ、手で引き裂く。ひーちゃんの羽をむしり、かえるのピョン太の足を壊した。チュー吉の目から目玉をえぐり取って、ルンルンは何度も何度も床に叩きつける。虐待だった。ぬいぐるみたちが声を発していたら、悲鳴やうめき声が轟《とどろ》いていたに違いない。

でも、そうする以外に、どうすることもできなかったのだ。自分の中で猛獣のように荒れ狂う感情を、そうでもしなければやり過ごすことができなかった。私は完全に、ぬいぐるみに八つ当たりをする愚か者だった。

めぐちゃんの耳を引き裂き、エックス君は拷問のように両足を開いて股裂きにし、銀太は両方の羽を引きちぎった。ベアさんとメアリーは、縫製がしっかりしていてびくともしなかったので、窓から外に投げ捨てた。グーは体を何度も殴って、キキは綻んでいた部分から布を破いて、中の綿を取り出した。

そんなことをしている自分自身に嫌気がさし、情けなくて涙がこぼれた。

ぬいぐるみに八つ当たりしても、何も解決しないなんてわかっている。だって、私に残された道は一本しかないのだ。他の道は、すべて閉ざされて通行止めなのだ。私には、自分の状況を受け入れるという選択肢しか残されていない。どうあがいたって、足踏みして地団駄を踏んだって、私はもうその道を進むしかない。

夜中、一通り気持ちの波が収まってから、ベアさんとメアリーを拾いに外へ出た。外階段から見上げた夜空には、星はひとつも出ていなかった。

ベアさんは植栽に引っかかり、メアリーは道路脇にごろんと仰向けで寝そべっていた。誰からも、蹴られたり踏まれたりした形跡がないことに安堵した。

ベアさんとメアリーを胸に抱き、私は街灯のない所まで歩いて行って、そこからもう一度空を見上げた。よーく目を凝らすと、ひとつ、ふたつ、みっつ、と星の輝きが見えてくる。決して、満天の星ではないけれど、それは、ベアさんとメアリーが、私に見せてくれた特別な星空だった。私がきちんと見ようとしなかっただけで、星はちゃんとそこにあるのだ。必死になって夜空を探せば、私を見てくれている星がきっとある。

無駄なことなんて、ないんだよ。

ひとつも、意味のないことなんて、ないよ。

ベアさんとメアリーが、口をそろえる。

癌になったことで気づけたこと。それは、健康であることのありがたみや、お金のありがたみや、友人たちが周りにいてサポートしてくれることのありがたみだった。あって当たり前だと思っていたものが、いかに貴重な存在か。確かに私は、そのことを癌になってから思い知ったのだ。

「ごめんなさい」

自分の運命を呪ってばかりいた過去の自分を反省した。そして神さまに、感謝の気持ちを伝えたくなった。それは、今ここに自分が生きて存在する、ということに対しての深い深い祈りにも似た感謝だった。

家に戻り、裁縫箱を出してきて、傷つけたぬいぐるみたちを修復した。久しぶりに手にする、針だった。もちろん、完全に元の姿に戻すことはできないけれど、なるべく、以前の姿形が取り戻せるよう丹念に繕った。

縫いながら、いろいろなことを思い出した。

私のシャツのボタンがとれたり、靴下やタイツの爪先に穴があいたりすると、父もよく、こうして縫い物をしてくれた。そんなこと、親なんだから当たり前だと私は思っていた。でも、当たり前なんかじゃないのだ。仕事で疲れているのに朝早く起きてお弁当を作ってくれたことも、私が気持ちよく眠れるよう布団を干してくれたことも、私が風邪を引いた時に寝ないで看病をしてくれたことも、全部全部、当たり前なんかじゃない。

そのことを思ったら、涙が止まらなくなった。父は、常に私の太陽で、私にたくさんの栄養を無償の愛で送り続けてくれていたのだ。と同時に父は、私にとっての要塞だった。様々な負の攻撃から、私を守ってくれていた。そんな父が、育児をしながら一生懸命に働いて買ってくれたぬいぐるみを、私は自らの手でめちゃくちゃにした。こんな姿を見たら、父は悲しむだろう。だから、一晩かけて傷つけたぬいぐるみを修繕した。

明け方、さすがに疲れて眠くなり、目が覚めたのは昼近くだった。ソファに、ぬいぐるみたちが並んでいた。あんなことをされたのに、それでもぬいぐるみたちは私に笑いかけてくれた。その優しさに気づいた時、私の中で何かが吹っ切れた。こんな荒廃した心のまま、人生を終えてはいけないと思った。いや、悟ったのだ。

再びあの嵐が来て、あやうく難破しそうになるのを救ってくれたのは、六花だった。

ご飯を催促しているのだろう。床に叩きつけるように思いっきり尻尾を振って、私が顔を上げるのを待っている。まるで、選手が起き上がるのをカウントする、ボクシングの審判みたいだ。

「そうだよね、生きているから、おなかが空くんだよね。しーちゃん、まだ生きているもんね。六花も、生きているもんね」

改めて考えるとそれってすごいことなんだな、と思いながら、私は毛糸の帽子をかぶって廊下に出た。

もう、食堂には誰もいなかった。私に気づき、厨房にいたシマさんが食事を温めなおしてくれる。六花にも、いつもの手作り食が出された。シマさんに頼んで、今日はご飯の量を減らしてもらう。いただきますをして、六花とせーので食べ始めた。

今夜のメニューは、イイダコのおでんで、ご飯は十六穀米だった。いつもみっつつく小鉢のひとつには、胡麻豆腐が入っている。すでにここに来て三回目となる、とろんとろんの胡麻豆腐は、私にとっての大好物になりつつあった。

食べていると、シマさんが私のテーブルまでやってきて、目の前の席に腰かけた。そんなことは、今までになかった。シマさんの顔は、よく見ると、ふつうにしていても穏やかに笑っているように見える。もしかしたらシマさんは、ひとりで食べる私を気遣って、そこに座ってくれたのかもしれない。

「いつも、おいしい料理を作ってくれて、ありがとうございます」

箸の先にイイダコをつまんだまま、私はぺこりとお辞儀した。

シマさんと舞さんが作ってくれる食べ物には、歳を重ねた人だけが生み出せる独特の大らかさがあった。きっと、毎回とても手間暇かけて作ってくれているだろうに、ふたりは自分たちの苦労なんておくびにも出さず、いつだってニコニコ笑っている。

それからまた、私は黙々と食べ始めた。

イイダコには、卵がみっしりと詰まっている。そこに、しっとりと出汁の味が染み込んでいた。このイイダコが、瀬戸内の海を気持ち良さそうに漂っている姿を想像しながら、タコの味を嚙みしめた。命を譲ってくれたことに、心から、ありがとうと思った。

私ひとりのために、わざわざ温め直してくれたのだろうか。透き通るような肌の大根に箸を入れると、ふわりと湯気が躍り出た。それを見た瞬間、なんだか涙がこぼれて止められなくなる。どうしてしまったのだろう。自分でも意識していない心の裏側に、湯気の温かさがしみて、私の心を刺激したのだろうか。

泣きながら食べていると、シマさんが席を立ち、一度厨房に戻ってから、もう一度私の前に着席した。てっきり、泣いている私を気遣って、ティッシュでも持ってきてくれたのかと思った。でも、違った。私と目が合うと、シマさんはそのタイミングでにーっと笑った。その前歯に、しっかりと海苔が貼りついている。

ぷっ、と私は思わず吹き出した。

ぷぷぷぷぷ。

危うくマーライオンみたいに、口の中の食べ物を豪快に外へ撒き散らすところだった。

妹の舞さんは普段からひょうきんだけど、シマさんはどちらかというと、寡黙な印象だった。そんなシマさんが、歯に海苔をつけておどけている。シマさんは、今、自分がどれだけおかしな顔をしているのか、わかっていないのだろう。シマさんは言った。

「せっかく生きているんだからさ、おいしいものを笑顔で食べなきゃ」

そうですね、と答えようとしたら、今度はしんみりとした涙が出た。

「でも、マスターが死んじゃったのを見たら、なんていうか私、不安になっちゃって」

私は声をしぼり出した。マスターの、永遠の眠りについた表情と、保冷剤の感触を思い出しながら。

「私もさ、いっつもここで料理作ってると思うんだ。生かされているんだなぁ、って。だって、生まれるのも死ぬのも、自分では決められないもの。だから、死ぬまでは生きるしかないんだよ」

シマさんは言った。

「ですよね。いくら自分がジタバタしても、自分で命のありようを決めることは、できませんものね。神さまに、お任せするしか、ないですものね」

話しているうちに、少しだけ元気になった。

いい色に炊き上がったおでんの卵に、たっぷりと出汁をつけていただく。

「しあわせ〜」

その言葉が、思わず口からこぼれ出た。

「なるようにしか、ならないからさ」

シマさんも、タヒチ君と同じようなことを言う。

「なるようにしか、なりませんね」

私が言うと、シマさんは歯に海苔をつけたまま、かわいい顔でにこっと微笑んだ。

ワインも飲まず、量もそれほど食べなかったのに、私は静かに満ち足りていた。

いつかは命が尽きるのだから、それまでは目一杯、この人生を味わおう。

食事を終える頃には、そんなふうに楽観的に思えるまでになっていた。


それからほどなく、私にとっては、第二回目となるおやつの時間がやって来た。

自分のリクエストは、まだ手付かずのままだった。

今日もまた、マドンナの朗読で始まる。今日は少し、いつもより空が曇っている。

マドンナは、時々紙に視線を落としながら、朗々と読み上げた。


「カヌレというお菓子をご存じでしょうか?

カヌレとは、フランスに古くから伝わる洋菓子で、正式には、カヌレ・ド・ボルドーといいます。ワインで有名なボルドー地方の、ボルドー女子修道院で作られていたとされるお菓子です。

かつて、ボルドーではワインの澱《おり》を取り除くために卵白を使っていたそうです。

それによって、大量の卵黄が余っておりました。それを無駄にせず使い切ろうということで考えられたのが、カヌレであると言われています。

カヌレに使用されるラム酒やバターは、港町として栄えていたボルドーに、外国から持ち込まれた材料でした。

私は、大学を卒業する時、お金をためてヨーロッパの国々を訪ね歩きました。人生初の海外旅行、それも一人旅です。

本当は飲食関係の職につきたかったのですが、両親からの猛反対をくらい、泣く泣く銀行に就職することが決まっていました。ですので、ヨーロッパ一人旅は、最後の自由を謳歌してやるぞ、という気概に満ちていました。貧乏学生の身分ですから贅沢はできませんが、安宿に泊まって、レストラン巡りをした思い出があります。恋とも呼べませんが、その時、同世代のフランス人女性と知り合い、数日間、一緒に時を過ごしたという甘い思い出もあります。

その旅行中、パリのカフェで食べたのが、カヌレです。うまい！　と思いました。もちろん、人生初のカヌレです。日本では味わったことのない、大人の味だと思いました。そしてその時、やっぱり自分は将来マスターになろう、と誓ったのです。このカヌレに合うコーヒーが淹れられるマスターになろうと。

三十五歳の時、満を持して銀行をやめ、コーヒー屋を始めました。すでに父親は他界してましたし、お袋ももう反対はしませんでした。それなりに銀行員として成果もあげていたので、ある程度納得してくれたのだと思います。実家のそばに貸店舗を見つけ、そこでコーヒー屋を始めました。

以来、コーヒーひと筋の人生を送ってきました。

人生最後のおやつに何が食べたいかを考えた時、脳裏に浮かんだのは、あの、学生最後の貧乏旅行で食べたカヌレでした。最近は日本でもカヌレを見かけるようになりましたが、あの時食べたカヌレを超えるカヌレには、出合ったことがありません。銀行員として生きようとしていた自分に、望みは捨てるな、希望を持ち続けろ、と発破をかけてくれたカヌレです。カヌレは、自分の人生にとっての一番星みたいな存在でした」

そこで、唐突にマドンナの声が途切れた。この文章を誰が書いたかは、言われなくてもすぐにわかる。マスターはまるで、自分がこの日にはもう亡くなっていることを知っているような書き方をしている。

昨日、ベッドに横たわっていたマスターの顔を思い出した。一本筋の通った生き方を貫いたマスターが、心底かっこいいと思った。

目の前に、カヌレが配られる。白いお皿にのせられたそのお菓子は、表面をいぶしたように鈍く光っている。

ご冥福をお祈りします、とマスターへの祈りを捧げてから、カヌレに手を伸ばした。両手を添えて、小さな仏様に触れるようにカヌレをそっと包み込む。まだ、ほんのり温かかった。

菊の御紋を立体にしたような美しい形を、しばし眺める。いくつもの溝に指をはわせると、そこからきれいな音色が響きそうだった。思う存分愛でてから、カヌレを手で半分にし、さらにそれを千切って口に含む。ふわりと、口の中に甘いそよ風が吹き抜けた。

外側はカリッとして香ばしく、中は綿毛のように柔らかい。とっさに、マスターの淹れるコーヒーが欲しくなる。絶対に合うに違いなかった。でも、マスターはもう起き上がらない。代わりに運ばれてきたのは、澄み切った茜色をした紅茶だ。いつか父と手をつないで見た、美しい夕陽の色をしている。

皆がしんみりとカヌレを食べる中、いつも通りの明るい声で、製菓を担当する舞さんの声が響く。

「カヌレってねぇ、難しいんですよ。まず、私がおいしいカヌレを食べたことがないから、ゴールがわからないでしょう。それで苦労したの。おいしいカヌレがどういうのか教えてくれたのは、マドンナさんですわ。

外側をカリッと焼き上げるのが、大変でしてね。オーブンに入れた時の最初の温度がしっかり高くないといい焼き色がつかなくて、外側もぼんやりしてしまうんだけど、高いままだと焦げてしまうので、ギリギリまで焼き色をつける、っていうのが難しいんですわ」

ここでは、死が日々の営みの中に自然に溶け込んでいるんだな、と舞さんの説明を聞きながらぼんやり思った。ゲストが亡くなるたびに打ちひしがれて泣いていたら、仕事ができなくなる。でもきっと、だからと言って悲しくないわけではないんだと、今、おやつの間に集ってカヌレを食べているスタッフたちの表情を見ていて、そう感じた。涙だけが、悲しみを表す手段ではないのだと。

その夜、タケオさんも息を引き取った。再び、エントランスのろうそくに火が灯る。昨日と今日、二日連続でゲストとお別れした。タケオさんともマスターとも、何か深い話をしたわけではなかったけれど、最期の日々を同じライオンの家で過ごしたというだけで、私にとっては仲間であり、同志であり、家族だった。

夜、六花と一緒に布団に入ってからも、マスターの、コーヒーを淹れる真剣な表情や、タケオさんの、豆花に注がれた穏やかな眼差しを思い出しては涙がこぼれた。

私は、ここに来て初めて、眠れない夜を過ごした。

眠れない影響なのか、体が重たく感じる。タヒチ君とドライブしたことなど、るで嘘のように思えた。

そのことを訴えたら、マドンナの勧めで、いくつかセラピーを受けることになった。

マドンナは、このホスピスを主宰する看護師で、緩和ケアを専門とする医師と連携しながら、適切な処置をほどこしてくれる。マドンナの存在は、ゲストたちの体と心の大きな支えだ。ナース服ではなくメイド服に身を包んでいるのは、ゲストたちへ向けたおもてなしの気持ちなのかもしれないと、私は自分なりに解釈している。

痛みにはふたつあるのだと、マドンナは言う。

ひとつは、体の痛み。もうひとつは、心の痛み。

そして、体の痛みと心の痛み、両方を取り除かなければ幸せな最期は訪れないのだと。ホスピスは、体と心、両方の痛みを和らげるお手伝いをしてくれる場所だった。

私がホスピスを選んだのも、苦しんで死にたくないからだ。あれ以上の痛い思いを、もうしたくなかった。

そのことは、ライオンの家に来てすぐに行われたカンファレンスの際、マドンナをはじめとする私のケアに携わるすべての人に伝えている。

多少生きている時間が短くなってもかまわないから、穏やかな死を迎えるため、本人と周りのスタッフが協力する。そのためのボランティアスタッフもまた、レモン島には数多く存在するそうだ。

水曜日の午後、音楽セラピーに来てくれたカモメちゃんもまた、そんなボランティアスタッフのひとりだった。

「はじめまして！」

元気よく私の部屋にやって来たカモメちゃんは、大きな口が特徴的な、とてもかわいらしい顔立ちをしている。私は、ベッドに横になったまま、カモメちゃんと対面した。

その日は朝から起き上がるのがしんどくて、ベッドに寝そべったままだった。かたわらには、ずっと六花が控えている。

「こんにちは、よろしくお願いします」

今にも木枯らしにさらわれそうな自分の声にゾクッとしながら、私は言った。

「雫さん、しゃべるの苦しかったら、無理してしゃべらなくていいです。九割方、私が一方的にしゃべるんで。しゃべりは、ステージ立ってたので、ＭＣで慣れてんですよ」

よく響く声で、カモメちゃんが言う。

ギターケースからアコースティックギターを取り出し、弦の音程を調えながら、カモメちゃんは自分の過去について教えてくれた。カモメちゃんのストーリーは、きっと、同じような場面で幾度となく再生されたのだろう、すらすらとよどみなく吐き出された。

カモメちゃんは、自分のことを元アイドル歌手だと言った。そして偶然にも、私たちは同い年だった。

「私、十三歳で島を出たんです。小さい頃から歌がうまいって評判で、東京の芸能事務所に呼ばれて、レコード会社から本格派アイドル歌手としてデビューしました。デビュー曲は、まぁそれなりにラジオにかかったりしたんですけど、だんだん売れなくなって。それでも細々と、ライブ活動は続けてました。

十三歳からマネージャーがついたりして、大人の社会で生きてきて、二十歳の頃には、もうすっかり人生の酸いも甘いも一通り知った気になっちゃったんです。デビューするのが、早すぎたんですね。それに、デビュー曲がちょっとだけヒットしたことでも、うぬぼれちゃったっていうか、あ、これでいいんだ、って勘違いしちゃって、成長を止めちゃったんです。自分をちやほやしてくれる大人だけを信じて、私は完全にお人形でした。下手に成功体験があるから、まぁ、今から思うと成功でもなんでもないんですけどね、それがあるから、余計に意固地になって、自分に媚びを売る人の意見しか聞けなくなって。アイドル路線を好む一部のファンのことしか、見えなくなってしまったんです。ま、ほとんどの人が陥る落とし穴に、私もどっぷりはまっちゃったわけですよ。

そこからなんとか脱出しようと思って、あの手この手でもがいたけど、売り上げも減る一方だし、あんなに私のことをかわいいとか好きだって言ってくれてたファンも、だんだんライブに来てくれなくなって。今から思うと当然ですよね、向こうは若い子が好きなんだから。四捨五入して三十になるアイドルなんか、よっぽどでない限り、見向きもされなくなって当たり前です。

それでも、二十代後半も、なんとか音楽の道で生きていきたくて、演奏活動自体は続けてたんです。アルバイトをかけもちしながらですけどね。その頃にはもう、レコード会社とも契約が切れてたし、事務所もクビになってたし、食い扶持は自分でなんとかしなくちゃいけなかったんで。

そんな時、おばあちゃんが病気で倒れたんです。それで、慌てて島に戻って。おばあちゃん、私の歌が好きだったから、枕元で、歌をうたってあげたんですよ。子どもの頃、おばあちゃんが教えてくれた歌とか、お風呂の中で一緒にうたった歌とか。

そしたら私、自分がどんなにうたうのが好きだったかを、ふと思い出したんです。

おばあちゃんの枕元でうたえることが、嬉しくて嬉しくて。おばあちゃんも、それまで苦しそうに息をしていたのが嘘みたいに楽になって、最期、みんなに笑ってくれました。それから、家族全員が見守る中で旅立ったんです。

それで、うたうことは何も都会のステージの上じゃなくてもできるな、って気づいて。私が幸せならそれでいいや、って吹っ切れたんですよ。おばあちゃんの四十九日が済んだらすぐに手元にあったお金を全部かき集めてアメリカに渡って、音楽療法士の勉強をしました。私、中卒だし、お勉強はさっぱりできないんですけど、アイドルをしながら、英語だけはわりとまじめにやってたんです。それで、今は実家に戻って、必要とあれば音楽セラピーをやってうたっているわけです。身の上話は以上になります！」

カモメちゃんは、はきはきと宣言すると、なにか、うたってほしい曲とか、ありますか？　と、少し声のトーンを落として私にたずねた。

音楽はそれなりに聴くけれど、常に音楽が自分の人生に寄り添って励ましてくれたような人生でもない。自分でうたうなんてもっと苦手で、いわゆる流行りのポップ・ミュージックもほとんど知らないし、カラオケもこれまで一回か二回しか行ったことがなかった。

私が首を横に動かすと、わかりました、とカモメちゃんは言って、じゃあ、私が好きな曲をいくつかうたいますね、聞いてくださいい、と続けた。

私のためだけに、カモメちゃんが弾き語りをしてくれる。どれも、歌のタイトルまではわからないけれど、聞いたことのある曲だった。

カモメちゃんの歌声に耳を傾けながら、やっぱりカモメちゃんは、うたうために生まれてきた人なんだと、そのことを強く実感した。アイドル歌手としては成功しなかったかもしれないけれど、カモメちゃんの声は、私みたいな素人が聞いても本物だった。まず、声そのものが半端じゃなく大きかったし、声が独特というか、ただきれいとかかわいいとかじゃなくて、その中にたくさんのスパイスが混ざっているような、複雑で奥深い音色だった。

目を閉じて聞いていると、どこか異国のはてしない荒野を、ドライブしているような気分になる。運転しているのが、父なのかタヒチ君なのかはわからない。私は後部座席に座っていて、窓から外の景色を眺めている。そうだった。父と遠出する時も、私は助手席ではなく、後部座席に座った。眠くなったらいつでも横になれるように、という父の優しい配慮だった。いつだって、父は安全運転だった。

「次は子守唄メドレーなので、眠たくなったら、本当に寝ちゃってくださいね」

曲の一部のようにそう囁くと、カモメちゃんは次の曲へ移行した。それは全く初めて耳にする旋律だったけど、妙に懐かしかった。

カモメちゃんがギターをつま弾きながらゆったりと静かに子守唄を口ずさむその横で、盛り上がった掛布団の膨らみの向こうに見える海を見ながらまどろんだ。海は、今日も宝石のように光っている。久しぶりに、心地よい睡魔に襲われそうになった。耳元で、ひたひたと潮騒の音がする。タヒチ君が連れて行ってくれたビーチで耳にした音に違いなかった。

眠りに落ちる寸前の場所で、私はカモメちゃんの歌声を聴き続けた。甘く切ない歌声に抱っこされたまま、ほのかなまどろみを満喫していたかった。

カモメちゃんが、アコースティックギターから最後の音を解き放つと、世界は虹色の静寂に包まれた。ゆっくりと体を起こし、お礼を伝えようとした時、

「すごい、すごい、カモメちゃん、最高！」

ドア越しの廊下から、手を叩く音がする。しばらく顔を見ていなかったが、それはアワトリス氏の声に間違いない。

「ずっとそこに立って聞いてたんですか？　クリトリスさん、それって盗み聞きっていうんですよ」

カモメちゃんが椅子から立ち上がり、私の部屋のドアを開ける。そこには、前回会った時よりも更に顔色を悪くしたアワトリス氏が立っていた。やっぱり、頭にバンダナを巻いている。腹水が溜まっているのか、ますますおなかがぽっこりしてい

る。

「クリトリスさん」

どうやらカモメちゃんは、アワトリス氏を喜ばせるため、わざと間違った呼び方をしてあげているらしかった。同じ年月を生きているはずなのに、カモメちゃんは太っ腹というか、器が大きいというか、サービス精神旺盛だ。

「今、クリトリスさんからのリクエスト曲、練習してますからねー。あれ、結構難しいんですよっ、ひとりでうたうの」

カモメちゃんは、淡々と楽器をケースにしまいながら言った。

「よろしくお願いしまーす」

アワトリス氏が頭を下げる。

「カモメちゃんの歌声聞きながら旅立つのが、僕の最大の夢ですから」

「わかってますよ。そうなるように、私も最善を尽くしてます」

ギターケースを背中に背負うようにして、カモメちゃんが部屋を出ようとする。

またね、と言ったら、カモメちゃんも、またね、と言って軽く手を振った。どこがどう変わったかなんて具体的に言葉で説明するのは難しいけど、確かに音楽セラピーを受ける前と後では、心の中のちゃぽちゃぽ感が変わった気がする。

本当はたくさんの感謝の気持ちを伝えたかったのに、カモメちゃんにほとんどなにも伝えられなかったことだけが、申し訳なかった。

体の痛みに関しては、モルヒネワインを飲むことでなんとか誤魔化していた。モルヒネワインを飲むようになったのは、タヒチ君とドライブに行った頃からで、モルヒネなんて、最初はなんだか怖かったけど、タヒチ君が手がけたワインを飲んでいると思うと、怖さが目減りした。飲んでみるとそれまでの疼痛が魔法のように消え、体が楽になった。

モルヒネ自体はほんの少し苦い味がするものの、赤ワインと一緒にして飲むとそんなに苦さを感じなくなり、晩御飯の時にモルヒネワインを飲んで、そのふわりとした浮遊感に包まれたまま眠る、というパターンが続いていた。でもだんだん、モルヒネワインだけでは効かなくなってきた。夜中に、痛みで目が覚めて、眠れなくなってしまうのだ。

「雫さん、夜の間だけ、眠れる森の美女に変身してみませんか？」

音楽セラピーがどうだったかを聞きにきたマドンナは、ついでのようにさらりと言った。

「眠れる森の、美女ですか？」

「はい、美女です。でも、ここで大事なのは、眠れる、の方ですけど。夜間セデーションといって、夜寝ている間だけ、睡眠薬を使って深く眠ることができます。セデーションというのは、鎮静です。

夜中に眠れなくなるのは、体の痛みもありますが、不安によって引き起こされる面が強いと考えられます。不安とは、すなわち妄想です。妄想にがんじがらめになってしまうと、人は眠れなくなるのです。でも今、妄想は必要ありません。妄想を無視するために、体を強制的に眠らせます」

「何か副作用とかは？」

私はたずねた。

「特にありません。時間が経つと薬が切れるので、朝はすっきり起きられます。それで元気な午前中は好きにしていただき、午後、セラピーを受けて心身の痛みのお掃除をする、というのはいかがでしょうか？」

いつもながらの落ち着いた声で、マドンナは言った。

「そうすればまた、六花とお散歩できますか？」

実はここ数日、寝不足のせいか体がだるくて、六花と散歩することができなかった。

「きっと、そうなると思いますよ。そうなるように、努めましょう」

珍しく、マドンナがにっこりする。少しためらいながら、もうひとつ、気になっていることを質問した。

「夜間セデーションを行っても、引き続き、六花と寝てもいいですか？」

「もちろんです」

もしダメと言われたら、夜間セデーションはやらなくてもいい、そう覚悟を決めていたから、マドンナの返事に拍子抜けしそうになる。

「よかった、私、それだけが心配だったので」

「六花は、雫さんにとってモルヒネ以上の存在です。雫さんのセラピー犬ということになれば、離れ離れにはできません。いつでも、一緒です」

マドンナからその言葉を聞いて、急になんだか元気になる。

「それと」

今日はマドンナに時間がありそうなので、私はあのことを聞いてみることにした。

「私が最初にここに来た時、マドンナが作ってくれたお菓子みたいなの、あったじゃないですか？　あれって、何だったんですか？　私、ずっと気になっていて」

「雫さんは、何だとお思いになりましたか？」

「最初は、マドンナの母乳かな、って。でも、それはさすがに違うかと。私は、神さまの母乳みたいに感じました」

私が言うと、

「神さまの母乳とは、いい表現ですね。正確には、牛のお乳です。牛乳を火にかけてずっとずっと混ぜ続けていくと、あれができます」

マドンナは答えた。

「ずっとって、どれくらいですか？」

「二時間とか、三時間とか」

マドンナの答えに、頭がクラクラする。そんなに長い間、ひたすら鍋の前に立って牛乳をかきまぜ続けるなんて、私にはできない。

「こんな言葉を、聞いたことはありませんか？

牛より乳を出し、乳より酪を出し、酪より生蘇《しょうそ》を出し、生蘇より熟蘇を出し、熟蘇より醍醐を出す、醍醐は最上なり。

酪とは今でいうヨーグルト、生蘇は生クリーム、熟蘇はバターで、醍醐は五番目の最後の味、乳から得られる最上級のおいしいものです。仏教における、最高真理の意味もあり、醍醐味という言葉も、ここから生まれました」

「とにかく、素晴らしいものなんですね」

私は言った。やっと、あの時マドンナが放った言葉の意味がわかった。マドンナは確か、人生の醍醐味を味わってください、とかそんなことを言ったはずだ。

「そうです、素晴らしい食べ物です」

納得したように、マドンナが軽く目を閉じる。

「夜はぐっすり寝て、朝、おいしくお粥を食べることを当面の目標にしましょう。明日のお粥さんが楽しみになりますように。

雫さん、よく眠り、心と体を温め、よく笑うことです。いい人生を送りましょうね」

そっと肩にのせられたマドンナの手が、じんわりと温かかった。

夜間セデーションのおかげで、翌朝は本当にすっきりと目が覚めた。六花は、私の横ですやすやと眠っている。六花はいつも、パズルみたいに、私の体の窪みにぴったりと体をくっつける。そうやって寄り添っていると、本当に、六花が自分の産んだ子どもなんじゃないかと思えてくる。人の親にはなれなかったけど、私はこういう形で六花と巡りあい、友情や愛情を育んでいる。

モルヒネは、エンドルフィンと化学構造が似ているとのことだった。エンドルフィンというのは、喜びや幸せを感じた時に放出される神経伝達物質のこと。だからやっぱり、六花は私にとってのモルヒネ、いや、それを上回る効果をもたらす極上の存在、醍醐ということになる。

私が起き上がると、六花も目を覚ました。お互い体をぐいぐいとこすりつけるようにして、いつもの朝の挨拶を交わす。これが、六花にとっては「おはよう！」を意味し、今日も一日楽しく過ごそうね！　と全身で叫んでいる。

顔を洗い、調子がいいので、久しぶりに自分の足で歩いて食堂までお粥を食べに行く。

新聞を読んでいたマドンナが顔をあげ、

「よく眠れたみたいですね」

と、自分は少し眠そうな目をして言った。

その日は、フルーツ粥だった。これまでも何回か、そういう日があった。たいてい朝のお粥はシマさんが作るのだが、たまに舞さんの担当になると、舞さんは茶目っ気たっぷりに果物を使ってお粥を作る。

前回のフルーツ粥は、桃の缶詰を使った桃粥で、今朝のお粥には、バナナとカシューナッツが入っている。このフルーツ粥の日を、当たりとするか外れとするかは人それぞれで、私自身は、当たりと思うように努めた。実際、桃粥は意外にもいける味だったし、バナナ粥も、バナナに程よく熱が通っていて、柔らかいお米にもしっとりと馴染み、違和感はそれほど覚えなかった。

静かにバナナ粥を食べていると、はす向かいに座ったマドンナがおもむろに言った。

「断食で骨と皮だけになったお釈迦さまが、悟りを得るきっかけとなったのが、スジャータの乳粥です」

「スジャータ?」

スジャータは確か、乳製品を販売する会社だったような。でも、そのスジャータではないらしい。

「スジャータは、乳粥を作った娘の名前です。でも、この話で重要なのは、スジャー夕よりも、乳粥です」

すみません、とちょっと笑いながら小声で謝る。

「お粥がきっかけで、お釈迦さまは悟りをひらくことができたんですね」

私は言った。

「そうです。その通りです。だから、お粥はとても優れた食べ物なのです」

マドンナはまるで、自分こそがこの世にお粥を考案した人間なのだと言わんばかりの、誇らしげな表情を浮かべている。

「でも」

私はふと疑問に思って質問した。

「もしスジャータさんがお釈迦さまに乳粥を差し上げなかったら、お釈迦さまは悟りをひらけなかった、ってことですか？」

頓珍漢な質問だったのだろうか。私の問いかけに、

「さぁ、どうでしょう？　私に聞かれても……」

マドンナは、困惑した表情で宙をあおいだ。それから静かにごちそうさまをし、席を立って食器を片づけに行く。

昨日より、だいぶ体が楽だった。これだったら、六花とまた散歩に行ける。今日、タヒチ君は、畑にいるだろうか。タヒチ君と会って、話がしたい。なんでもない、

他愛ない会話を交わしてゲラゲラと笑い転げたかった。

その日の午後は、似顔絵セラピーの人が来てくれた。プロのイラストレーターさんが、ボランティアで似顔絵を描いてくれるのだという。

これまでの人生で一番楽しかった時のことを思い浮かべてください、と言われ、ふとにっこり笑ったら、はい、今の笑顔を元に似顔絵を描きますから、もう楽なポーズに戻って結構です、と言われた。

リクエストはないかと聞かれ、私はとっさに、六花も描いてほしいと訴えた。色紙の中に、私と六花が永遠に閉じ込められるというのは嬉しい発想だった。以前どこかで、犬も猫も笑わない、笑っているように見えるだけで実際は笑っていないのだと聞いたことがあるけれど、六花は絶対に笑っている。嬉しいこと、楽しいこと、幸せなことがあると、必ず笑顔になる。

イラストレーターさんが私たちの似顔絵を完成させている間、私は横になって本を読む。もう、難しい本も長い本も読めない。人や動物が殺される本も、嫌だ。不倫とか裏切りとかも辛いので、結局私は、ライオンの家の図書室から、絵本ばかりを抜き取って、部屋に持ち込んでいた。

絵本だったら、途中まで読んだけどその後が気になって眠れなくなることもなかったし、辞書を引かなくてはわからないような難しい単語も登場しなかった。悪意を持って人が殺されたりもしない。動物はたまに死んでしまったけれど、それも自然な流れの死に方であって、面白半分に殺されたりはしなかった。死にそうな癌患者が登場することも、まずない。

絵本なら、安心してページをめくることができる。それに、たくさんの美しい絵に出合えて、そのたびに心が癒されるのだ。

「こんな感じでどうでしょうか？」

しばらくして顔を上げると、イラストレーターさんができたばかりの絵を見せてくれた。

六花が、笑っている。しかも、私をお姫様抱っこして、その腕に抱っこされた私もまた、笑っていた。現実にはありえないことだったけど、でも、この色紙の中の光景の方が、真実だと思った。

だって、私は絶えず、六花に守られている。六花の愛が、私をすっぽりと黄金色の光の膜で覆っている。

「素敵です」

ちょっと涙ぐみながら、私は言った。

「よかったー、気に入ってもらえて」

イラストレーターさんが胸をなでおろした。

「毎回、ご本人にお見せする時はめちゃくちゃ緊張するんですよ。気に入ってもらえなかったら、どうしよう、って」

「プロのイラストレーターさんなのに？」

「そうですよ、仕事の依頼で絵を描くより、似顔絵ボランティアの時の方がよっぽど緊張します」

「面白いですね」

私は言った。

「その似顔絵、すごく好きです。ありがとうございました。すぐに、飾らせてもらいます」

そこにいるのは、確かに私だった。病気になる前の元気な頃の私でも、病気になった後の今の私でもなく、その両方の私の笑顔だった。だから、すごくすごく自分だと感じた。

「がんばってくださいね」

パレットなどを素早く片づけ、帰り際、イラストレーターさんはさらりと言った。

一時期、がんばって、と励ますことをためらう風潮があった。それが、世の中全体のことなのか、私個人に限ったことなのかはわからない。でも、もう十分がんばっている人に、さらにがんばれというのは相手を追い詰めるだけだから、がんばってという言葉は使わない方がいい、と言われていた。

確かに、そうかもしれない。もうがんばりようがない人に、更にがんばれと叱咤激励するのは、酷だ。でも、自分ががんばっている時、がんばって、と応援されるのは、私自身は嬉しかったし、励みになった。

ただ、私の状況が悪くなるにつれて、周りも、がんばって、とは言わなくなった。だから、久しぶりに耳にする、がんばって、の声だった。

「がんばります」

私は答えた。カモメちゃんみたいに威勢のよい声は出なかったけど、精一杯がんばろうと素直に思えた。

だって、私はまだ死んでいないもの。命が燃え尽きるまでは、がんばらなくちゃ。私の目標は、じゃあね、と手を振りながら明るく死ぬことだ。朗らかに元気よく、笑顔でこの世界から旅立つことだ。そのための準備を、今、ライオンの家でしている。マドンナをはじめ、たくさんの人に協力してもらいながら。

部屋にひとりになってから、私はイラストレーターさんが描いてくれた絵と一対一で向き合った。

これまでの人生で一番楽しかった時のことを思い浮かべてください。

さっき、イラストレーターさんは私に言った。その瞬間、私の脳裏にパッと浮かんだのは、試着室での場面だった。自分の余命が告げられ、ライオンの家に来ることを決め、自分の旅立ちの衣装を選んでいる時のことだ。

とっさに私は、自分がその場面を選ぶなんて、おかしいな、と思った。でも確かに、私の脳裏に去来したのは、あの時の映像だった。試着室の中で、私はあれこれ気になる服を片っ端から選んで、それに袖を通していた。鏡に映る私の顔は、まだそんなに具合が悪そうには見えなかった。

でも、私は悩んでいた。もう試着も始めているのに、それでも尚、お金がもったいないんじゃないかとか、そんな大金をつぎ込んでもどうせ燃やしてしまうのだから、そんなお金は使わずに、どこかに寄付して社会貢献した方が世の中のためになるんじゃないのかと、煮え切らない態度を取っていた。その時、

「違うでしょ！」

と叫ぶ声がした。私ではなく、誰か別の人の声だった。その声が、私の中の迷いを吹き飛ばしてくれたのだ。そしてそれからはもう、自分が病気であることも忘れて、夢中になって様々な服に袖を通した。

あの時、確かに私はその時間を楽しんでいた。自分の旅立ちの時に着る服を選ぶという過酷な状況にあっても、人はそのことを楽しめる。それは、紛れもなく私自

身の強さの証だった。

夜間セデーションをするようになってから、生活の質が再び向上した。生活の質のことをＱＯＬと呼び、同じように、ＱＯＤという言葉もあって、こっちは死に方の質を意味している。ＱＯＬもＱＯＤも、私にとってはそれが残りの人生のすべてであり、いかに生きるかは、いかに死ぬか、そのものだった。

土曜日の午後、久しぶりにお弁当を持って六花と一緒に散歩に出る。今日はセラピーの予約も入れていないので、時間がたっぷりある。昨日より気温が高くなって、青空が気持ちよさそうだった。

タヒチ君に会うかもしれないと思ったけれど、迷った末に、もうウィッグはつけず、毛糸の帽子だけかぶった。久しぶりのお散歩に、六花がスキップするような歩き方をする。出かける前、マドンナから、もうリードをつけなくても六花は雫さんのそばを離れたりしないから大丈夫よ、と言われたので、六花は自由に歩いたり、走ったりしている。私と六花の間に、信頼関係が生まれつつある。

「六花、ゆっくり歩いてね。しーちゃんは、もうそんなに速く走れないよ」

名前を呼んだら、六花が振り向く。けれど、私が後ろにいることがわかると、また走って向こうへ行ってしまう。

やれやれ、と思いながら、おてんば娘を追いかける。

先に葡萄畑についた六花は、畑のフェンスの前でお座りして待っていた。早く、早く、と言わんばかりに激しく尻尾を振っている。まるで、観客席から選手を応援するチアガールのポンポンみたいだ。一秒でも早くタヒチ君のそばに行きたくて仕方がないのだろう。タヒチ君は、ショベルで土に穴を掘っているところだった。

「こんにちは」

私が声をかけると、

「久しぶり」

タヒチ君が、首から下げたタオルで汗をぬぐう。

「お昼、お弁当を持ってきたので、あそこで食べてもいいかな？」

タヒチ君手作りの東屋を指差すと、

「僕もそろそろお昼にしようと思ってたから、一緒に食べましょう」

タヒチ君が、両手についた土を払いながら言った。

「あー、やっぱりこの場所は気持ちいい。特等席だね」

海は、単純な青一色ではなく、淡い紫に見える所や、澄んだ藍色、鮮やかなトルコブルーなど、無数の青が存在した。そして波が、金や銀にかがやいている。

「ここから一日中この景色見てても、全然飽きないよ」

お弁当を広げながら、タヒチ君がつぶやく。

それから、ふたりでいただきますをした。タヒチ君が、持ってきた水筒のお茶を、一緒に飲むよう勧めてくれる。

今日のお昼は、お焼きだった。大きな保温鍋にはすいとんも用意されていたけれど、さすがにすいとんの方はお弁当にできなかった。でも、どんなすいとんだったのか、ちょっと気になる。食い意地が張っていると笑われそうだったので、タヒチ君には黙っていた。

「よかったら、お焼きもどうぞ」

おなかがすくかもと思って、気持ち多めに持ってきていた。

「こっちもどうぞ、って言いたいところだけど、僕のは朝、残り物で作ってきたチャーハンだから、あんまりおすすめしない。きんぴらごぼうまで入ってるし」

タヒチ君が、苦笑いを浮かべている。六花はさっきから、タヒチ君の軍手を自分で放り投げたり齧ったりして、勝手に遊び呆けている。

「タヒチ君は、島で一人暮らしなの？」

なるべく込み入ったことを聞かないようにしよう、と心にブレーキをかけていたけれど、つい、気になって聞いてしまった。

「そうだよ」

タヒチ君がそっけなく答える。

お焼きは、中にドライカレーが入っているのと、野菜が入っているのと、小豆が入っているのの三種類だった。小豆のだけ微妙に形が違うから、小豆のお焼きは、舞さんが作ったのかもしれない。喉が渇いたので、タヒチ君のお茶をもらう。

「あ、これ、炒り玄米茶。ずっと前、体調を崩した時にマドンナが飲ませてくれて。作り方を教わったんだ」

「しあわせ〜」

ほんの少し冷めていたけれど、香ばしくて、スープみたいに力がある。

「玄米の栄養がいっぱい入っているから、体にすごくいいらしい」

タヒチ君は、自分で作ったというチャーハンを黙々と食べている。

「マドンナって、すごいね」

半分にしたカレーのお焼きを、手に持ったまま私は言った。

「ほんと、あの人はすごすぎて、頭が上がらない。ちょっと変だけど。そこがまた、あの人の魅力なんだろうな」

きっとタヒチ君は、私の何倍も、何十倍も、マドンナのことを知っているのだろう。

「この島に、ライオンの家があること自体、奇跡って気がする。マドンナは、この島で生まれ育ったのかな？」

カレー味のお焼きには、挽肉ではなく、そぼろ状にした炒り豆腐が入っている。

「マドンナ自身は他所《よそ》から来た人なんだって。マドンナのお父さんがすごい資産家で、この島にも土地を持っていたのかな。確か。でも、病気になって、それをマドンナが看病したって聞いたことがある。マドンナは、お父さんの実の娘じゃなくて、養子かなんかで。で、お父さんは本当は家に帰りたかったんだけど、病院で最期を迎えることしかできなかったらしい。だから、自分みたいな悲しい思いをする人が少しでも減るように、っていう思いで、自分の財産をホスピスの運営に使うことを希望したらしいよ。それでマドンナは、看護師とカウンセラーの資格をとって、この島にホスピスを造ったみたい」

「すごい人なんだね。マドンナも、それにお父さんも」

父親、しかも実の父親ではない人に育てられたという点で、私とマドンナは同じ境遇だった。

「ほんと、大変なことだと思う。マドンナは、お父さんのことが大好きだったらしいんだ。多分、実の親が誰かもわからない自分を養女にして育ててくれたっていうお父さんへの恩が、マドンナのすべての原動力になっているんだと思う。だからマドンナは、積極的に、身寄りのない人とかも、ライオンの家に受け入れているんだって」

「そうだったんだぁ」

私は言った。言いながら、だから私もライオンの家に入れたのだ、と納得した。

私は続けた。その話題に、あまり深入りはしたくなかった。

「それより、この島とか、近くの島の人たちが、ボランティアでたくさん来てくれるのが、すごいなぁと思って」

音楽セラピーのカモメちゃんも、昨日来てくれた似顔絵セラピーのイラストレーターさんも、ボランティアだ。

「それもやっぱり、マドンナの吸引力っていうか。でもマドンナ曰く、それじゃダメなんだって」

「ダメって?」

「だから、ボランティアの人の気持ちに甘えるだけじゃ。ちゃんとお給料を払って、プロとしてホスピスなり病院なりに常駐してサービスを提供する、っていうのが本来のあり方みたい。欧米だと、そういうシステムがすでに出来上がっているって。でも日本はまだまだ、セラピーに対する認識が低い、っていっつも嘆いてるよ。だから、ひとりひとりに合ったオーダーメイドのサービスをするのが難しいって」

「そっかぁ、ボランティアの人たちの善意に頼っているだけでは、ダメなんだね」

そういう視点で考えたことなんて、今までなかった。

「なんでも、無償がいいわけではないってことか」

人生で、いつかやってみたい、と思いつつ、まだできていないことのひとつがボランティアだった。地震や水害など災害のニュースを見聞きするたび、自分も何か被災地で役に立つことがしたいと思っていた。でも、思うだけで、実際の行動に移したことはなかった。だけどもし、もしも私に神さまがチャンスを与えてくれるなら、私もカモメちゃんたちのように、癌で苦しんでいる人の力になりたい。

「ボランティアって、そうなんだ」

私は言った。

「うん、ちゃんとみんなが生活していけないと、ゆくゆくは続かなくなるからね。あと、マドンナのお父さんもまたすごい人だったらしい。ただのお金持ちじゃなくて、たくさんあるお金をどう使って世の中を良くしていくか、ってことをいつも真剣に考えてたみたい。きっとその精神が、マドンナにも引き継がれているような気がする。

でも、最初にこの島にホスピスを造る、っていう時は、相当反対されたっていうか、それはすごい拒否反応だったって。この島を死に島にする気か、とか。全然違うのに」

言ってすぐ、タヒチ君はごめん、とうつむいた。

「気にしないで」

死に島なんて表現、確かに聞きたくないけど、それはタヒチ君の心から生まれた言葉ではないし、第一、タヒチ君が私を病人として扱っていないからこそ言える表現だった。

「でも、ちょっとずつちょっとずつ島の人に説明して、理解してもらって、今では島の人たち、ここにライオンの家があることを誇りに思ってるんだ。それに、ライオンの家ができたおかげで、島外の病院じゃなくて、島に戻ってきて住み慣れた場所で亡くなる人も増えたんだって。ライオンの家で最期を迎えるっていうのは、島民にとってもステイタスっていうか、憧れっていうか。それくらい、マドンナは信頼されているんだよ」

「すごいねぇ」

私は言った。マドンナは、本当に尊敬に値する人だ。

「マドンナがメイド服着てるのもさ、ある時、ずっと笑わないゲストがいて、なんとかその人を最期に笑わせようって話になって、スタッフたちが仮装大会を企画したんだって。その時にマドンナは、メイド服を着て、被り物をして出たらしいんだけど、それを見て、ついにその人が笑ってくれたんだって。それ以来、メイド服を着続けているらしいんだ」

マドンナらしいな、と思った。まだ、マドンナの人生のほんの一部分しか知らないけれど、人生の終わりにこうしてマドンナと出会えたことは、神さまからの偉大な贈り物のような気がする。

「そろそろ僕は、作業に戻るね。雫さんは、好きなだけのんびりしてって」

タヒチ君が立ち上がった。静かだと思ったら、六花は日向に脚を投げ出し、お昼寝している。しかも、さっきからパタパタとご機嫌でしっぽを振っている。

「こいつ、また食べてるね」

タヒチ君が笑った。

「本当だ。六花がうらやましいよ。寝ても覚めても、いっつも幸せそうにしっぽを振っているんだから」

一度でいいから、六花と人生を交換して、私も六花になってみたい。もしその夢が叶ったら、私は思いっきりレモン島を疾走して、風や光と戯れたかった。

六花の真似をして東屋でごろんと横になると、葡萄畑の向こうに海が見えた。空も見える。タヒチ君がいる。六花もいる。どこからか、爽やかな柑橘の香りもする。

「贅沢だねぇ、最高だねぇ」

私は、もうひとりの自分に言った。目を閉じると、そよ風が、私に毛布をかけるような優しさで吹いてくる。

タヒチ君と葡萄畑で再会し、ほっこりした気持ちでライオンの家へ戻ったのも束の間、騒々しい声に背中が凍りついた。

「バカヤロー」

その声の鋭さに、六花が私を振り返った。

「テメーが俺の人生をめちゃくちゃにしたんだろう！」

壁に椅子でも投げつけたのだろうか。何かが派手に壊れる音が響く。

自分の部屋に入ろうかとも思ったが、あまりに恐ろしい怒声が響くので、しばらく廊下に立って様子を見ていた。いきなり部屋の外に飛び出してきて六花に危害を加えようものなら、私が体を張って阻止しなければ、と思った。不測の事態が起きないよう、念のため、六花を胸元に抱っこする。

怒声が聞こえてくるのは、「先生」と書かれている部屋からだった。いつからライオンの家にいる人なのか定かではないけれど、その名札を見るたびに、なんとなく釈然としない気持ちが膨らんでいた。限られた人生の残りの日々すら、先生であり続けたいのだろうか。そんなふうにしか生きられないその人が、私は可哀想というか、気の毒だなぁと感じていた。

「あなたが死んだって、誰ひとり悲しまないんだから」

今度は、女性の声がする。彼女は、必死に訴えた。

「あなたはね、誰かを本気で愛したことがあるの？　あなたが持っていたのはお金だけで、それが目当てで周りに人が集まっていただけでしょ。

あなたは、誰のことも幸せになんかしていないじゃない！」

「うるせー、お前のせいで、病気になったのが、わからないのか！」

固唾を呑んで様子をうかがっていると、先生の部屋から泣き声が聞こえるのがわかった。まるで、三歳の男の子が、転んで泣いているような声だった。甘えている。目の前にいる人たちにも、世の中全体にも、神さまにも、先生は甘えている。病気になったからといって、何でも許されるわけではないのに。

しばらく自分の部屋の前に立っていると、マドンナが出てきた。

「大丈夫ですよ。別れた奥さんが会いにいらして、当たり散らしているのでしょう。ホスピスに来たからといって、誰もが皆、現状を受け入れ、穏やかに時間を過ごせるとは限りません。あの方のように、ジタバタして、なんとか運命から逃れようとする人もたくさんいます。でも、人は生きている限り変わるチャンスがある。それもまた、事実ですから。期待しましょう」

マドンナは、いつも通りの落ち着き払った声で言った。それから、もう心配いりません、と続け、自分の部屋に入るよううながした。

その時、「もも太郎」と書かれた部屋から、女の人が花瓶を手に出てきた。私の胸に抱かれた六花を見て、まぁ、かわいい、と目を細める。彼女の登場により、刺々しい空気が一気に丸くなる。

再びマドンナとふたりきりになってから、それとなく、マドンナに質問した。

「もも太郎さんは、新しいゲストの方ですか？」

「そうなんです、先週から入居しました」

マドンナは、簡潔に答えた。

最初は自分のことだけで精一杯だったけど、最近ちょっと、他のゲストのことが気になるようになった。というのも、マスターやタケオさんと、私はほとんど言葉を交わすことがなかったからだ。でも、せっかく人生に残された時間を、縁あって同じ場所で過ごすのだ。私にも、まだ何かできることがあるのかもしれない、同じ境遇だからこそ、私にしかできないことだってあるに違いない、そう思うようになっていた。

「百と書いて、ももと読むそうです。世の中には、たくさんの素敵な名前がありますね」

マドンナは、穏やかな声で言った。

抱っこしていた六花をおろすと、六花は自分についた何か悪いものを振り払おうとするかのように、盛大に胴を震わせる。

「六花、ちょっと太ったのかしら？」

私は言った。抱っこした感じが、なんとなく重たく感じたのだ。

「どうでしょうか、そんなに太ったようには見えませんけど」

マドンナの声を聞きながら、そっか、六花の体重が増えたのではなく、私の体力が落ちたのかもしれない、と気づいた。自分の体力が落ちるだけなら仕方がないけれど、この先、六花を抱っこしたり、腕枕をしたりできなくなることを想像したら、むしょうに寂しくなった。自分が今、猛スピードで老いているのを実感した。

「雫さん」

マドンナが、そっと私の背中に手のひらを当てながら私を呼んだ。そこだけが、ぽわんと日向に当たっているような気分になる。

「ライオンは、動物界のなんだかわかりますか？」

予想外の質問に、私は立ち止まってマドンナを見る。

「百獣の、王ですか？」

「そうです、その通りです。つまり、ライオンはもう、敵に襲われる心配がないのです。安心して、食べたり、寝たり、すればいいってことです」

「そっか、だからここはライオンの家なんですね！」

霧が晴れるような気持ちで私は言った。ずっと、風変わりな名前の由来が気になってはいたけれど、あえてマドンナにはたずねなかった。でも、今やっとわかった。ここにいるゲストたちは、私を含め、みんながライオン、百獣の王なのだ。

「怖れることは、何もありません。

とにかく、笑顔でいることが一番です、雫さん。辛い時こそ、空を見上げて思いっきり笑うんです。そうすれば、あなたよりもっと辛い思いをしている人たちの希望になれますから」

静かにそう囁くと、マドンナはその場を立ち去った。

部屋に入ってから、鏡の前に立って、笑顔を作る。

人はな、楽しいから笑うんやないんやて。笑うから、楽しくなるねん。割り箸でも鉛筆でも、なんでもええから、試しに一本口に挟んで、にーって笑ったまま漫画でも読んでみぃ。おもろくなるで。そうするとな、脳にドーパミンっていうのが、出るんやて。すごいやろ？

ふいに、ヨガ教室で一緒だった関西出身の友人が教えてくれた言葉を思い出した。まるで、彼女がすぐ隣にいるみたいに、私の横顔に囁きかける。

にーっと笑った表情のまま、石鹸で手を洗った。恐怖や嫌悪を感じたら、気分を変えるために手を洗うといいことを教えてくれたのも、その子だった。もしかするとあの子もまた、何か大きなものを抱えて生きていたのかもしれない。本人はいつもケラケラ笑っていて、何も語らなかったけど。

みんな、どうしているのだろう。元気にしているのかな？

私は久しぶりに、病気になる前の自分の人生を思い出した。

週末はのんびり近所を散歩したり、青果店で野菜や果物を買って料理を作ったり、たまに遠出して山登りやハイキングをしたり、してたっけ。平日も、早く仕事が終わった時は、映画を見に行ったり、趣味で始めた編み物をしたり、してたっけ。

そんな、なんでもない日常が、これほど貴重になるなんて、想像していなかった。無邪気に過ごせていたあの頃の日々が、ぎゅっと抱きしめたいほどに愛おしかった。

私は、化粧ポーチをあけ、持ってきた耳かき棒に手を伸ばした。

何かひとつ、この世界に名残があるとすれば、私にとってそれは、父の耳かきだ。子どもの頃、私の頭をひざにのせて、父が耳の掃除をしてくれた。私は、その時間がたまらなく好きだった。私は学校であった出来事や友達や担任の先生のことを話し、父は父で、仕事上の悩みや職場の同僚のことなどを話した。どうでもいい話題だったけれど、だからこそ気が楽で、時には深刻な相談もさらりと口からこぼすことができたのだ。

最後に父が耳かきをしてくれたのは、いつになるのだろう。父はいつも、おしまいになると、ふーっと優しく息を吹きかけてくれたっけ。その度に私は、父から幸せになる魔法をかけられたような気分になった。

だからなのか、自分で耳かきをしていると、つい、父のことを思い出してしまう。私がライオンの家まで持ってきた耳かき棒は、その頃から父が使っていたものだ。この、なんの変哲もない耳かき棒にまで、父との思い出が詰まっている。

もちろんこの耳かき棒も、私の体と一緒に天国へ旅立つ。私の死後の、具体的な段取りや遺骨をどうするかに関しては、弁護士さんや、ＮＰＯ法人のスタッフ、もちろんマドンナにも伝えてある。

朝起きて、着替えてから食堂に行くと、マドンナがいつもの席で新聞を読んでいた。私を見るなり、とびきりの笑みを浮かべて、大声で言う。

「雫さん、朗報ですよ。新薬が開発されたそうです。これで、雫さんの癌も治せます。よかったですね。もう、退所できますよ!」

普段より、声が明るい。

「本当ですか?」

驚いてマドンナのそばに行くと、

「ほら、ここに大きく新薬の記事が出ています。もう、実用できるそうです」

「すごい、すごいですね!」

興奮して私は言った。

「もう、癌で苦しい思いをする人がいなくなるんですね」

目が覚めても、しばらくその興奮の余韻が続いている。もしかして、今のは本当なんじゃないかと思ってしまう。でも、現実の話ではない。私はここ最近、こんな夢ばかりを繰り返し見ているような気がする。これは、自分自身でも意識していない、無意識の願望なのだろうか。目が覚めて、夢だとわかった瞬間だけが、ちょっと切ない。

すぐに、スマートフォンに手を伸ばし、イヤホンを耳に入れた。決して一筋縄ではいかないこの感情をなだめてくれるのは、チェロの音しか思いつかない。

幾重にも重なる深い音色に背中を預けてたゆたっていると、なるようにしかならないから大丈夫だと、海を渡る波風が、私にそっと耳打ちする。あともう少し。あともう少しだけこの断崖に立っていれば、あっち側の世界へいける。そのタイミングを早めることも、遅らせることも、私にはできない。私にできるのは、ただ、ここでじっと待つことだけだ。


先生の顔と名前が一致したのは、翌日のおやつの時間だった。先生は、車椅子に座って現れた。歳の頃は七十前後だろうか。がっしりとした骨格の、赤ら顔の男性だった。

先生は、有名な人だった。数々のヒットソングを世に送り出した人気作詞家として、たまにテレビなどにも出演していた。何冊か本も出しており、私も、これまでに一冊だけど、先生の本を読んだことがある。それは、先生の経験を元に書かれた生き方や老いに関する本で、とても思慮深く、それでいてユーモアのある内容だった。その本の中で、確かに先生は、死は恐れるに値しないものだと書いていた。

想像していたのとイメージが違って、がっかりだ。先生は、車椅子に座ってもなお、周りの人たちを従えて上に立とうとするような、威圧的な空気をまとっている。車椅子を押しているスタッフさんにも、ぞんざいな態度をとっていた。もっと温和で、優しいおじいさんかと思っていた。

マドンナが、みんなの前に立ってお辞儀をする。けれど、いつもとは少し、様子が違う。リクエスト用紙に書かれた文章を読み上げるのではなく、マドンナはフリルのついた真っ白いエプロンのポケットから、スマートフォンを取り出したのだ。そこから聞こえてくるのは、まだ幼い、けれど聡明そうな女の子の声だった。

女の子は明るく言った。

「私の夢は、イルカの調教師になることです。どうしてかというと、この間の夏休みに、お父さんとお母さんとお姉ちゃんとお兄ちゃんと水族館に遊びに行った時、イルカのショーを見て、イルカたちと泳ぐ調教師さんがすごくカッコよく見えたからです。

病気になって入院するまで、私は週一回、スイミングスクールに通っていました。最初は足がつかないところで泳ぐのが怖くて、たくさん水を飲んでしまって苦しかったけど、だんだん、上手に泳げるようになりました。

今年の夏、本当は、海に行って海水浴がしたかったけど、カテーテルが外れるとたいへんなので、海には行けませんでした。でもお母さんが、私の病気が治ったら、みくら島というところで、ドルフィンスイムをすると約束してくれました。だから、がんばって治療をして、早く、元気になって海で泳ぎたいです。

この前、お父さんが教えてくれたのですが、イルカは超音波というのを使って、仲間と連絡を取り合ったり、エサになる魚の形を把握したりしているそうです。私は将来、調教師をしながら、イルカ語の研究をして、イルカと話ができたらいいと思っています。

イルカの調教師になりたいと思う前は、大工さんになりたいと思っていました。大工さんになれば、自分で自分の家を建てられるからです。家族みんなで住める、大きい家を建てたいです。でも、それを言ったら、お姉ちゃんに笑われました。

もし両方の夢がかなったら、私は、イルカのために海の中の家を作りたいです。そして、私も一緒にそこに住んでみたいです」

「もも太郎」と書かれた部屋の中に、こんなにかわいらしい少女がいたなんて、私は全く気づかなかった。

いつものおやつの時間と違うのは、更にその後、百ちゃんの家族が登場したことだ。お父さんは、一家を代表するようにみんなの前で深々と頭を下げると、どこか遠くの一点を見つめたまま、張り詰めた表情で語り始めた。

「百は、とてもお転婆で、外で遊ぶのが大好きな子どもでした。あまりにも元気で男の子みたいなので、家族の間ではもも太郎と呼んでいたほどです。真冬でも半袖で外を歩きたがり、風邪も引いたことがないほどの健康優良児でした。ところが、十歳の誕生日を迎える少し前くらいから、ふらついて歩くようになったのです。

その時、私は不覚にも、百がふざけてやっていると思い、叱ってしまいました。けれどそのうち、百がよく転ぶようになり、これまでは学校が終わるとずっと外で遊んでいたのに、家のソファで寝ていることが多くなったのです。

さすがにおかしいと思って近所の内科医に連れて行くと、すぐにきちんとした検査を受けるため大学病院へ行くよう言われました。そしてＭＲＩによる検査の結果、病名がわかり、余命一年と告げられました。

すぐに入院し、放射線治療をすることになりました。痛くて苦しいはずだったのに、百は本当に歯をくいしばって、よく耐えたと思います。我が娘ながら、本当に立派でした。吐き気に苦しみながらも、家族を笑わせてくれた百を、私は心から誇りに思っています。

百は今、ライオンの家で、人生最後の日々を過ごさせてもらっています。

先ほど皆さんに聞いていただいた百の肉声は、こちらに来てすぐにおやつの時間の存在を知った百が、部屋にこもってひとりで録音したものです。本人が言うのを忘れたのか、おやつについては何も触れられていないのが、いかにも百らしいのですが。

その時から較べると、百はだいぶ状態が悪くなってしまいました。それでも百は、今でも、生きる気満々です。精一杯病と闘って、生きようとしている百を、どうか一緒に応援してやってください」

時々言葉に詰まりながらも、百ちゃんのお父さんは最後まで毅然とした態度を貫いた。

目の前に、アップルパイが運ばれてくる。アップルパイの横には、アイスクリームが添えられていた。

今度は百ちゃんのお母さんが、みんなの前で説明する。

「治療の時、百が一度だけ、泣いたことがあります。それも、いかにも百らしいのですが、痛みや苦痛で泣いたのではなく、おなかが空いた、と言って大泣きしたんです。その時は、治療のために食事制限が出ていました。

百の気をなんとかそらそうと思って、百は今、一番何が食べたいの？　とたずねたら、百は真っ先にアップルパイと答えました。それは、ちょっと意外でした。私はてっきり、百はおにぎりと答えるかと思ったのです。とにかく白いご飯が大好物でしたから。

でも、百はアップルパイと答えました。今から振り返ると、あの時百は、よっぽど疲れていたというか、こたえていたのかもしれません。だから、無意識のうちに甘い物を欲していたんじゃないかと思います。

それで今日は、無理言って私も厨房に入らせてもらい、狩野姉妹のおふたりと一緒に、アップルパイを作りました。どうぞ、おいしいうちに召し上がってください」

目の前のアップルパイから、甘く優しい、穏やかな香りがする。まるで、百ちゃんのお母さんの声をそのままお菓子にしたみたいだ。まだ一度も百ちゃんに会ったことがないのに、私は百ちゃんに親近感を抱いていた。

百ちゃんのかわりに食べるつもりで、アップルパイにフォークを差し込む。甘酸っぱいリンゴの味が、体のすみずみにまで広がっていく。パイの表面が、つやつやと飴色に光っている。夕暮れの光に染まる海を見ているようだった。脳裏に、イルカと泳ぎながらアップルパイを頬張る百ちゃんの姿が浮かび上がった。

ふと気になって先生を見たら、先生もまた、皿をひっくり返したりせず、ちゃんと食べているので安心した。フォークにのせたアップルパイを、落とさないよう真剣な表情で口に運ぼうとする姿は、まるで子どもだった。

おやつを前にすると、誰もが皆、子どもに戻る。きっと私も、おやつの時間は子どもの瞳になっているのだろう。

おやつの時間がお開きになってから、私は百ちゃんの両親に頼んで、百ちゃんに会わせてもらうことにした。どうしても、百ちゃんに会って伝えたかった。

百ちゃんのそばには百ちゃんのお姉さんが付き添っていて、部屋には絶えず、水の音が流れている。

「最後まで、耳は聞こえているみたいです」

大人びた雰囲気のお姉さんは言った。ベッドに寝ている百ちゃんは、お母さんよりもお姉さんに顔が似ている。目鼻立ちがしっかりしていて、意志が強そうないい眉毛をしている。

そこはまさに、百ちゃんの部屋そのものだった。百ちゃんの枕元にはイルカのぬいぐるみが置かれ、窓や壁にもイルカのポスターや絵が飾られている。クラスメイトが折ってくれたのだろうか、千羽鶴も吊るされている。

中でも、ひときわ目を引いたのはお習字だった。

「生きる」

と、太い筆で堂々と書かれている。私が、じっと見つめていたからだろうか。お母さんが教えてくれた。

「これ、百が以前、学校で書いてきたお習字なんです。百が昏睡状態になってから、百の部屋を片付けていて、偶然見つけたんですよ。なんだか、百の心の声に思えて。もう彼女は話したりできないけど、でも全身で、生きているんだな、と思って。先ほど主人も申しましたが、百は決して、今も、あきらめていないと思います。百は常に、生きる姿勢を失っていません。

百は、私たち家族に、本当にいろんなことを教えてくれました。年齢的には確かに百が一番下なんですけど、なんだか百を年上の人みたいに感じる時があります」

振り返ると、お母さんは百ちゃんの前髪をゆっくりと撫でつけていた。

私も、百ちゃんのそばに行って、百ちゃんの手を撫でさすった。あったかくて柔らかくて、グミみたいな百ちゃんの手に触れながら、私は百ちゃんに届くよう、百ちゃんの耳元で明るく言った。

「百ちゃん、天国に行ったら一緒に遊ぼうね。私も、すぐに行くからね。また、会おうね。約束だよ」

私の声が聞こえたのか、お母さんが、口元を手で押さえて嗚咽が漏れるのを堪えている。それから小さな声で、ありがとうございます、とつぶやいた。

百ちゃんと会う前までの私は、まだ人生が続いているのに、死ぬことばかり考えていた。それが、死を受け入れることだと思っていた。でも、百ちゃんが教えてくれたのだ。死を受け入れるということは、生きたい、もっともっと長生きしたいという気持ちも正直に認めることなんだ、って。そのことは、私にとって、とても大きな気づきをもたらした。

　それから二日後、百ちゃんはお母さんの胸に抱かれたまま静かに息を引き取り、天国へ旅立ったという。あれから言葉を発することはなかったけれど、最期は、苦しむこともなく眠るように亡くなったそうだ。

　なるようにしか、ならない。百ちゃんの人生も、私の人生も。

　そのことをただただ体全部で受け入れて命が尽きるその瞬間まで精一杯生きることが、人生を全うするということなのだろう。まさに百ちゃんは、百ちゃんに与えられた短いけれど濃い人生を全うした。

　そのことを知ってから、私はしばらくの間、ぼんやりと海を見て過ごした。涙は、出そうで、でも出なかった。

　私はその夜、ようやく思い出のおやつのリクエストを便箋にまとめることができた。百ちゃんが、生きていることの尊さを教えてくれたおかげだと思う。百ちゃんが、ぐずぐずしている私の背中を、そっと前へ押し出してくれた。

「きっと、六花を重たく感じたことと、先生の怒鳴り声を耳にしたこと、百ちゃんとのお別れが、雫さんの心の重石となって、体を悪い方へ引っ張っているのでしょう」

マドンナは、私の体を撫でながら言った。

おやつの時間から数日後、体の痛みで目が覚めた。まるで血管という血管を無数の針が大挙して流れているようで、体の向きをどう変えても、たった一本の小指を動かすだけでも、激痛が走り叫び声を上げそうになる。マドンナに不調を訴えたら、すぐに痛み止めの注射を打ってくれた。そして一眠りした後、彼女自らタッチセラピーをしてくれることになった。

マドンナのタッチセラピーは、マッサージとも整体とも違って、とにかくひたすら私の体を撫でるというものだった。マドンナの手のひらには、島でとれた柑橘類から抽出されたアロマオイルが塗られているらしく、マドンナが手のひらを動かすたびに、私はふわりと爽やかで甘い香りに包まれた。まるで、レモン島に丸ごと抱っこされている気分になる。

私はマドンナの指示に従って、ベッドの上で横を向いたり上を向いたりした。柑橘の香りとマドンナの手の温もりの相乗効果で、蜘蛛の子を散らすように痛みが遠くの陣地へ退いていく。数時間前に私を襲ったあの激痛、あれは一体なんだったのだろう。

自分が猫か犬にでもなった気分で、私は思わず、ゴロゴロと喉を鳴らしたくなる。

そうしてもらっていると、マドンナにはなんでも話せそうな気がした。私は、まどろみの中でマドンナに告白した。

「私ね、ずーっとひとりで生きてきたんです。中学卒業までは父とふたり暮らしだったんですけど、私が高校一年生の時、父が結婚することになって、私は通っている高校のこともあったし、近所の小さいアパートに引っ越して、一人暮らしをすることにしました」

父が実父ではないことには、あえて言及しなかった。

「雫さんが、おいくつの時ですか？」

「十六歳、だったかな？」

今でも、父から結婚したい人がいると告げられた時のことを思い出すと、胸がきゅーっとしめつけられる。私は、父に裏切られたような気持ちになったのだ。悲しかったし、悔しかった。私が食事の支度をし、父が仕事から帰るのを待って一緒に食べるという暮らしが、当たり前になっていた。だから、そんなふうにずっとずっと、父がおじいさんになっても、同じ屋根の下で暮らしていくんだと勝手に思い込んでいた。

「もちろん、相手の人は、私と一緒に住むことを提案してくれましたし、父も、その方がいいんじゃないか、って言ったんですけど」

「雫さんは、その申し出を受け入れなかったのですね」

落ち着いた声でマドンナが言った。

「多分、私は意地になっていたのかもしれません。父が、自分よりも大切な存在を見つけるなんて、想像すらしていなかったんです。父にとってのナンバーワンは自分なんだ、って思い込んでました。でも、今考えれば、父だって男性ですし、いくら娘がいたって、共に人生を歩む伴侶が必要ですよね」

そのことに気づくまでに、私には長い時間が必要だった。

「それに、父に幸せになってもらいたい、って心からそう思ったんです。父は、私を育てることで、ずっといろんな我慢を強いられてきただろうし。そのためには、私が一緒に暮らさない方がいいだろう、って」

それもまた、私の本心だった。

「雫さん、今度は反対側を向いてください」

マドンナに言われ、体の向きを変える。そんな簡単な動作さえ、ここ数日は、えいやーっと気合を入れてからでないとできない。

「よくぞここまでたどり着きましたね。雫さん、立派ですよ」

まるで褒めるようにマドンナが優しく優しく肩や手を撫でてくれるものだから、私の涙腺は不意打ちをくらったように緩んでしまった。

「偉くなんか、ないです。全然。単純にいうと、私は父の結婚相手に嫉妬したんですから。幼すぎますよ」

父が正式に彼女と籍を入れてから、父は何度も、三人で会おうと誘ってくれた。けれど、私はどうしてもできなかった。毎回、用事があると偽って、その機会を丁寧に避けた。ふたりを前にしたら、自分の顔が醜く歪んでしまいそうで、そんな自分を認めるのが怖かった。

「お父様には、お会いしなくてよろしいのですか？」

マドンナは、私の耳たぶの辺りを撫でながら、核心的な質問をする。

「いいんです。父には、病気のことも一切伝えていませんし。それに、もう何年も会っていないんです。父が今、幸せに暮らしてくれていたら、それで問題ありません」

私は、すでに心に決めていることを、マドンナに言った。

「そうですか、雫さんがそうおっしゃるなら、それでいいと思います」

「気持ちいいです」

少し話題を変えたくて、私は言った。

「これをしていると、私自身も癒されて、元気をもらいます」

すると六花も、自分も撫でてと訴えているのか、私の胸元に入り込んでくる。

「私、小さい頃、犬を飼うのが夢だったんです。でも、ずっと飼えなくて。だから、ここに来て、やっと夢が叶いました。ありがとうございます」

六花の胸元を優しく撫でながら、私は言った。

「六花を連れてここに来た元の飼い主さんも、雫さんみたいに、物腰の柔らかい優しい女性でした。六花のことが、大好きで大好きで。だから六花は、雫さんと一緒にいて、今、すごく幸せなんだと思います」

「だといいなぁ」

私は言った。

「でも、私がいなくなったら、六花、落ち込んだりしませんか？」

実は、そのことが気がかりだった。六花といい関係を築けば築くほど、親密になればなるほど、私がいなくなった時、六花は混乱しないだろうか、と不安になる。

「大丈夫です。雫さんがそうなった時、六花には大好物の特大豚骨を与えておきますから。きっと夢中で、骨に齧りついているはずです」

「よかった。安心しました」

私は言った。

「他に、何か気がかりなことはありますか？」

マドンナが聞いてくれたので、私はもうひとつ、気になっていることを質問した。

「私のお迎えには、誰か来てくれるんですかね？」

そのことを声にすると、まるで暗くなった幼稚園にひとりぽつんと取り残されて、お迎えが来るのをじっと待っているような気分になる。

「きっとどなたかが、雫さんを迎えに来てくれます。安心してください。

雫さんはさっき、ひとりで生きてきた、とおっしゃってましたが、目に見えないたくさんの存在が、今も、雫さんをガードしてくれているんです。無色透明なので、普段は気づかないかもしれませんが」

「それって、ご先祖様の霊みたいなものですか？」

マドンナなら、なんでも知っているような気がした。

「霊という言葉が適切なのかどうかはわかりませんが、私たちが様々なエネルギーに守られているのは確かです。ですから、お迎えは、必ずどなたかが来てくれます。

雫さんは、決して孤独な存在ではありません」

そんなふうにマドンナが断言すると、そうなんだな、と素直に信じられそうだった。

「あぁ、気持ちいい。極楽ですね」

皮膚も骨も内臓も脳みそも、全部がとろけてしまいそうだ。

うっかりよだれまで垂らしそうになっていたら、マドンナが言った。

「雫さん、オーガズムってわかりますか？」

いきなりの展開に多少戸惑いながら、相槌を打つ。

「私ね、死って、最大級のオーガズムみたいなものなんじゃないかと、期待しているんですよ」

「気持ちいい、ってことですか？」

「はい、その通りです。死んだことがないからわかりませんが、そうであってほしい、そうであるに違いない、と思っています。もうかなりご無沙汰してますので」

マドンナの言葉に、

「私もです」

と、神妙に返した。でも、確かにそれだったら、期待に値するかもしれない。

「マドンナさんは、死んだらどうなると思いますか？」

長い沈黙の後、思い切って私は聞いた。かすれてうまく声が出なかったけれど、マドンナは私の声を聞き取ってくれた。

「そればっかりは、いくら考えてもわかりません。まだ死んだことがないので。でも、きっと、その人の元になっている意識というかエネルギー自体は、決してなくならないんじゃないかと思っています。次々と形を変えながら、未来永劫続いていくのではないでしょうか。

私の中にいる私の核心の、更にもっと中心にある私の……、私は」

マドンナは言った。

その時、私の脳裏にぽかんと浮かんだのはなぜかりんごだった。りんごの中心に種があるけれど、種の中にはまたりんごそのものが入っていて、そのりんごの中心にはまた種があって……。考えていくと、永遠に終わらない。始まりもなく、終わりもない。

種というのは、私の中心で、磁石のように、「海野雫」という体を形作っている、その大本のエネルギーのことだろうか。魂とか、意識とか、きっと、そういう言葉で表される、ぼんやりとした、普段は目に見えないし、触って確かめることもできない、けれどとても大切な核心部分。

それは死んだら消えてしまうのではなく、その後もずっと残って、形を変えながらも生きていく。続いていく。マドンナが今しがた言ったのは、そういうことだろうか。

「だけど私、ずっとこの体のままでいたいなぁ」

半分まどろみながら、私は言った。やっぱり、この体とお別れするのは、まだ早すぎるような気がする。元気な頃は少しも愛着が感じられなくて、もっと胸が大きかったら良かったのに、とか鼻が高かったら見栄えがしたのに、などと邪険に扱っていたくせに、いざお別れの時期が迫ってくると、今度は急にこの体への愛着がわいて、手放すのが惜しくなっている。

マドンナがあまりにも優しく撫でてくれるものだから、気持ちよくて、ついうっかり、そんな欲が芽生える隙を与えてしまったのだ。自分でも、無茶なことを言っているとわかっている。奇跡はもう起きないなんてこと、とっくの昔に知っている。死ぬ覚悟だって、できている。だから今、ライオンの家にいる。ライオンの家はホスピスだ。そしてホスピスは、死を受け入れた者だけを受け入れてくれる場所。だからそこまで私も、夢見る夢子ちゃんではない、はずだった。

それでも。

「私、もっと生きて、世界中のいろんな風景を見たかったなぁ」

今まで、誰にも言ったことがない、自分自身にも、大っぴらにはしたことがない、ずっとずっと目を逸らしてきた本当の気持ちが、不意に口からこぼれ出た。それを認めてしまったら自分が苦しむだけだから、丁寧に封印していたはずなのに。

生きたい。この体のままもっともっと長く生きて、この世界にとどまりたい。

多分、私はマドンナに甘えているのだ。マドンナなら、そんな私のワガママな感情も許してくれるんじゃないかと期待しているのかもしれない。

「そうですよね」

マドンナは、私の頭全体をそっと柑橘の香りで包みながら、穏やかな声で言った。

「私も、雫さんと、ずっとこうしていられたら、幸せです」

マドンナの白いエプロンが濡れてしまうのも構わずに、私は泣いた。そんなふうに言ってくれる人が、世界にひとりでもいるということ。マドンナのその優しさに、私の涙は止まらなくなった。その間、マドンナはずっと私を撫で続けた。


死を受け入れるなんて、そう簡単にできることではなかった。

私は自分で、自らの死を受け入れたつもりになっていた。でも、そうじゃなかった。そう思うことの方が自分にとっては都合がいいから、受け入れようとしていたのだ。確かに外堀は埋まっていたけれど、肝心のここ、私自身が、私の心が、死を受け入れてはいなかった。私はホスピスに入りたいから、その方が楽で都合がいいから、死を受け入れたふりをしていたのかもしれない。

でも、本当の本当のところでは、まだ死にたくない。私は、もっと生きたい。

そう思うことが、欲張りみたいにも感じていた。往生際が悪くて、みっともないと。でも、そうじゃない。死を受け入れる、ということは、自分が死にたくない、という感情も含めて正直に認めることだった。少なくとも、私にとってはそうだった。

マドンナが部屋を出てから、私は声を張りあげて泣いた。

「私はまだライオンになんかなりたくない。百獣の王にならなくていいから、生きたいよ。もっともっと長生きしたいよ。まだ、死にたくなんかないんだってば!」

実際にそう言葉にして泣いた。涙は、小川のせせらぎのように静かに流れた。私はまさに、神さまの前で駄々をこねる赤ちゃんそのものだった。

けれどもう、ぬいぐるみに八つ当たりすることはなかった。彼らは、圧倒的に私の味方なのだ。私に寄り添い、私の涙を拭ってくれる頼もしい存在だった。

あの日の嵐は、怒りがすべての原動力だった。自分自身に対しての怒りであり、担当医への怒りであり、世の中すべてへの攻撃だった。でも、今は違う。私は、悲しいのだ。ただただ、この美しい世界にお別れを告げなくてはいけないことが、切なかった。大好きな人のそばに黙って寄り添っていたいと思うように、私はここにとどまっていたいと感じたのだ。

私は、涙が尽き果てるまで、泣いた。泣いて泣いて泣きまくって、おなかが空いたら食事して、また部屋にこもって泣いた。とめどなく涙を流す私を、六花が不思議そうに見上げていた。けれど、だからといって必要以上に慰めてくれるなんてこともなかった。

極端な話、青空が広がっているのを見るだけで、感動して泣いてしまう。お粥から立ち昇る湯気を見るだけで、神さまへの感謝の気持ちが沸き起こってくる。自分の中に最後の最後まで影を潜めていた、毒のような、黒い霧のような目障りな存在が、すっかり姿を消していることに自分でも驚く。

朝目が覚めて、太陽の光が部屋の中へ入ってくる。それを見ると私は、六花が私の体に自分の体をこすりつけて親愛の挨拶を交わすように、私も光を手にとって、頬を寄せ、すりすりと頬ずりしたいような気持ちになるのだ。


面白いことに、生きたい、まだ死にたくない、という気持ちを素直に認めてあげたら、心が軽くなった。それは、自分でも予想していなかった自分自身の変化だった。

更に昼間もモルヒネに頼ることにしたせいか、再び、私のＱＯＬは向上した。日中、お弁当箱みたいな装置を体につけることで、痛くなった時、いつでも自分でモルヒネを注入できる。マドンナは、魔法のお弁当箱だと教えてくれた。

体が楽になると、心も軽くなる。心が軽くなると、つられて体ももっと楽になる。心と体は、本当に背中合わせの不思議な関係だった。

しばらく行けずにいた六花とのお散歩も、また行けるようになった。けれど、体力自体はかなり衰えているので、葡萄畑までの坂道を上がるのは、よっぽど体調がいい時でないときつかった。

それでも、六花を連れて外の空気を吸えるだけで、細胞がいきいきと甦るのを実感する。空気が、おいしい。空気だったら、お粥と違って、十杯でも二十杯でも、存分におかわりすることができる。

一日、一日を、ちゃんと生き切ること。どうせもう人生は終わるのだからと投げやりになるのではなく、最後まで人生を味わい尽くすこと。イメージしたのは、昔、父と住んでいた町の商店街にあったパン屋さんのチョココロネだ。端から端までクリームがぎっしり詰まったあのチョココロネみたいに、ちゃんと最後まで生きることが、今の私の目標だった。

食べて、寝て、ぼんやりしているだけの自分を不甲斐なく感じたりもするけれど、実際のところ、それ以上のことはできない。体は動かないけれど、それと反比例して心はますます研ぎ澄まされていく。その発見が、新鮮だった。

人に言ったら笑われてしまいそうだけど、バナナの美しさに気づいたのも、体の自由が以前ほど利かなくなってからだ。それまでの私は、じっくりとバナナを見る時間の余裕も、心の余裕も両方ともなかった。

でも、ついこの間、後でおなかが空いたら食べようと思って、食堂からバナナを一本もらってきて、それを部屋のテーブルの上に置いておいた。そして、いざ食べようと思ってふとバナナに手を伸ばしかけた時、バナナが私に語りかけてきた。

きれいでしょ?

バナナは言った。私には、バナナの声が聞こえてきた。ちょっと鼻づまりのようなその声は、なんだか妙に艶めかしかった。

そうやって見ると、バナナは確かに美しかった。そして、ハッとした。バナナは、工場で作られているわけではない。コンビニで売られているバナナだって、すべては地球からの贈り物で、かつては地面とつながる場所にいたのだ。お日様の光をたっぷりと浴び、お母さんが生まれたばかりの赤ちゃんを大事に抱っこしてお乳をあげるみたいに、このバナナも、お母さんバナナからたくさんの栄養をもらって、大事に大事に育まれたんだってことに、ようやく気づいた。

そして私は愕然とした。私は今まで、スーパーやコンビニで売られているバナナしか、見たことがなかったのだ。ちゃんと地球とつながっている本来のバナナの姿を、いまだかつて一度も自分の目で見たことがなかった。

急いでスマートフォンを手に取り、自生するバナナがどんな姿をしているのかをインターネットで調べた。画面からでもみっしりとした空気の密度が伝わってきそうな、緑の濃い場所で、バナナは陽の光を浴びて笑っていた。私には、笑っているようにしか見えなかった。動物だけじゃなくて、植物だって笑うんだと初めて知った。

そんな尊い命を、私はこれまで、当たり前のように食べていた。パソコンで仕事をしながら、ろくに感謝もせず、味わいもせずに口に運んでいた。途中で食べ忘れて残ったバナナを、平気でゴミ箱に捨てていた。私には、なんの罪悪感もなかった。

でも、今ならわかる。バナナの命も、私の命も、等しく尊いということが。

それは、バナナが教えてくれたことだった。きっと、同じように私のまだ知らない世界が、地球上には、たくさん、たくさんあるのだろう。

私はもう、今日が何日かもわからない。気がついたら、自分が思っていたのより、一日多く日が過ぎていて、時間泥棒にあったような気持ちになったりもする。せっかく足湯をしてもらっているのに、ほとんど意識がなくて、終わったことにも気づかないまま、お礼すら言えないこともある。

だから、かろうじて時間の感覚を取り戻すのは、週に一度、日曜日の午後三時からおやつの間で開かれる、おやつの時間だった。おやつの時間が来ることで、あれから一週間経ったことがわかる。おやつの時間が、私にとっての生きる希望であり、節目になっていた。

次のおやつの時間に、私は車椅子で参加した。まだ、がんばれば歩けそうな気もするけれど、車椅子に乗せてもらった方が、どう考えても体への負担は少なそうだった。

昨日まで簡単にできたことが、今日になると呆気ないほどにできなくなっている。そんなことの連続だけど、そのことをいちいち嘆いても始まらないので、もう自分はこういう生き物なのだと腹をくくることにした。できないことは、どうあがいたってできないのだし。いともたやすく跳び箱を跳んだりハードルをこえたりしていた幼い頃の自分が、スーパーヒーローのようにまぶしく思えた。

ただ、排泄ができないのは本当にしんどかった。食べているのに出ないから、おなかにガスが溜まっていつも苦しい。大きい方は出ないのに、小さい方は頻繁に出るので、夜中にしょっちゅうトイレに起きなくてはいけないのも辛かった。でもまだ、オムツのお世話にはなりたくない。自分で排泄できることがいかに日々の幸福に結びついているか、私は病気の当事者になるまで全く気がついていなかった。

おやつの間に、アワトリス氏はいなかった。あれほど、そばに寄られると鬱陶しく感じていたアワトリス氏を、なぜ自分が捜しているのか、自分でもよくわからない。だけど、アワトリス氏とだったら、この便秘の不快感も共有できるような気がした。当事者同士にしかわかり合えない分野も、確かに存在する。

もしかして別のどこかにいるのかと思って辺りを見回していると、マドンナがみんなの前に立ってお辞儀をした。今日は、私のリクエストが選ばれるかもしれない。そう思うと、少し緊張した。車椅子の上で背筋を伸ばし、姿勢をよくする。

いつものように、マドンナがゆっくりと読み上げる。残念ながら、私のおやつではなかった。


「母と私は、あまりいい関係が築けませんでした。私には、三歳離れた妹がおりますが、母は、妹には優しく接していました。母は、私のことを疎ましく思っていたと思います。

きっと、私がかわいくなかったからでしょう。妹のことは、きれいな服を着せてしょっちゅう一緒に外出するのに、私は母とふたりっきりで出かけることもありませんでした。母は、私を連れて歩くのが恥ずかしかったのかもしれません。

お砂糖が貴重な時代だったので、甘いおやつも、食べた記憶がほとんどありません。

でも、一度だけ、牡丹餅を食べたいと言ったら、母がすぐに牡丹餅を作ってくれました。母は、その時よっぽど機嫌がよかったのでしょう。妹はその時、友だちの家に遊びに行っていたのか、いませんでした。

私も、牡丹餅作りを手伝いました。確か、あんこときな粉だったと思います。

母は、仕事もしていましたし、そんなに料理をする人ではありませんでした。だから、小豆もちょっと硬くて、たまに、小石みたいにごりっとするのが混ざってました。

でも、その牡丹餅が、おいしかったのなんの。

母が、おなかを壊すからやめなさい、と途中で止めるくらい、夢中で食べました。妹には、絶対に牡丹餅を食べさせたくない。母とふたりだけで作ったことすら、妹には秘密にしておきたかったんです」

それからマドンナは、おもむろに顔を上げると、

「舞ちゃん、ごめんね」

と続けた。どうやら、それで朗読は終わったようだった。

え？　舞ちゃんってまさか、狩野姉妹の妹の舞さんのこと？

でも、おやつの時間に食べるおやつをリクエストできるのは、ライオンの家のゲストだけなんじゃ……、そう思いかけた時、ここしばらく、フルーツ粥が続いていたことを思い出した。私は、シマさんが海外旅行にでも行っているのかな、くらい

にしか思っていなかった。けれど、よくよく考えると、しばらくシマさんを見かけていない。最後に顔を見たのは、えーっと、えーっと、そうだ、タヒチ君とドライブに行って、私が少し遅く帰ってきた時だ。シマさんは、わざわざイイダコのおでんを温め直して出してくれた。そして、歯に海苔までくっつけて、私を無理やり笑わせてくれたのだ。

あの時、そんなに具合が悪そうには見えなかった。でも、それは私が勝手にそういう目で見ていただけなのかもしれない。

もしかして、おやつの間のどこかにシマさんがいるのかな、と思って周囲を見回した。でも、シマさんはどこにもいなかった。そのかわり、目を真っ赤にした舞さんが登場する。それから、みんなの前で深々と頭を下げた。顔を上げると、舞さんは威勢のよい声で言った。

「姉のシマは今、自宅におります。さっき姉も書いていたんですけど、母親があんまし料理をしない人だったので、私たち姉妹は、自分で料理を作るようになったんです。姉はおかずが得意で、私はどちらかというと甘いものが得意でした。

もともとは、そんなに仲のいい姉妹ではなかったんですわ。お互いに結婚をして、私は島を離れている時期もありましたし、子育ても忙しかったので、何年も会わないなんてことも、しょっちゅうでした。

でもふたりとも子育てを終えて、夫ともそれぞれ死別して、なんか暇だねー、なんて話してた時、マドンナさんに声をかけてもらったんですよ。それで、一緒に台所に立つようになったんです。それがまた、楽しくって楽しくって。いっつもふたりで、娘みたいにきゃあきゃあ笑いながら仕事してました。

姉は若い頃に乳癌の手術をしていて、再発の恐れっていうのは、あったんです。一年くらい前ですかね、やっぱりまた、それが出ちゃって。でも、もう歳だし、手術なんかしたくない、それよりもここで料理作ってる方が元気になるって言って、そのまま仕事を続けてたんです。

ただ、年が明けて少ししてから、急に容体が悪くなって、さすがに台所に入るのもしんどくなったんでしょうね、家で最期を迎えることにしたんですわ。

牡丹餅のことは、今の今まで、母と姉が一緒に作ったなんて、知りませんでした。マドンナさんからは、今日は牡丹餅をお願いします、としか言われてませんでしたので。姉は姉なりに、悩んでいたんだなぁ、って初めて知りました。

私もね、母に似て、ちょっとせっかちなところがあって、いまだに小豆を上手に炊けないんです。姉が炊くとふんわり、柔らかくなるんですけどね。私がやると、どうも硬いのが入っちゃって。でも、もしかするとその方が、姉にとっては嬉しいかもしれませんね。

「今、お茶を淹れますんで、牡丹餅、どうぞ召し上がっててください」

舞さんは、最後は明るくそう言うと、牡丹餅の入ったお重を他のスタッフに渡し、自分はお茶を用意するため厨房の中へ入っていく。

目の前に、色違いの牡丹餅がふたつ、並んでいる。仲良く寄り添う姿は、まるで狩野姉妹のようだった。でも、そんな狩野姉妹にも、子どもの頃、大きな断絶があったなんて。きっとシマさんは、ずっとずっと、子どもの頃舞さんに抱いた複雑な感情を、封印していたのだろう。舞さんもまた、まさかお姉さんがそんなふうに思っていたなんて、知らなかったのかもしれない。

でも、今日のおやつの時間によって、ふたりの何かが救われた。

シマさんは妹に対する嫉妬心と、舞さんは姉に対しての無知と、それぞれ牡丹餅を通して和解することができたのだ。

私は、しばらくの間、仔猫のようにぴったりとくっついて並ぶ二色の牡丹餅を見続けた。本当は、今すぐに口に含みたい。けれどもう、体が受けつけない。

ふと、タケオさんのことを思い出した。

私にとっては初めてとなるおやつの時間。その時に出されたのが、タケオさんがリクエストしたと思われる台湾のお菓子、豆花だった。豆花には、温かいピーナツスープがかかっていた。

タケオさんはそれを食べずに、じーっと見ていた。私は、タケオさんが過去を思いながら感慨にふけっているのだと思っていた。でも、もしかしたらタケオさんもまた、今の私と同じように、食べたいけれど食べられなかったのかもしれない。

タケオさんは今、どこにいるのだろう。無事、天国へとたどり着いて、お父さんやお母さんと合流することができたのだろうか。

私は、きな粉のかかった方の牡丹餅をそっと持ち上げ、口づけをするようにほんの少しだけ口に含んだ。きな粉の香ばしさとあんこの甘さが、身体中に染み渡っていく。もう、それで十分だった。


隣の部屋から、歌声が聞こえてくる。

この声は、誰だっけ？　えーっと、そうそう、カモメちゃんだ。音楽療法士のカモメちゃんが、ギターを弾きながら歌っているのだ。それにしても、大きな声だなぁ。

目を開けると、空は、珍しく灰色だった。けれど、心がざわざわする灰色の空ではない。なんていうか、明日には世界が明るく晴れ渡ることを知っている灰色だった。

六花は、いないみたいだ。天井に、天使みたいな形をした光が揺れ動いている。

今、何時なんだろう？　そう思ってスマートフォンの電源を入れて、ぎょっとした。金曜日って。おやつの時間から、いつの間にか五日も経っている。

ゆっくりと体を起こし、パジャマの上からガウンを羽織った。なんだか股の周りがごわごわすると思ったら、オムツをはいている。ついに、この時がきたか。でも、私のちょっとしたプライドのために、きれいなシーツやベッドを汚すのは忍びないもの。まだ、かろうじて自分の足で立てることの方に、感謝しよう。自分でもわかるほど、体が軽くなっている。

隣の部屋が、こんなに遠いと感じたのは初めてだ。壁に設けられた手すりを頼りながら、アワトリス氏の部屋の前までなんとか自力で移動する。全身の力を込めてドアを開けた時、私はまたぎょっとした。そこにいるのは、アイドルグループ、いや、正確にはアイドルに扮したおばさんグループだった。中のひとりは、マドンナだ。

もしかして、これもまたシュールな夢の続きなのかな、と思った。もう残像しか覚えていないけれど、ずっと、いろんな夢を見ていた気がする。うなされていたような記憶もあるし、追いかけられていたような気もする。私は暑くて、ずっとアイスクリームが食べたかった。

ベッドには、アワトリス氏が横になっている。顔が、土気色だ。記憶のアワトリス氏よりずいぶん老けて、すっかり、おじいさんになっていた。それでも、アワトリス氏は、時々口元を動かし、カモメちゃんと一緒にうたおうとする。それを取り囲むおばさんアイドルたちは、歌に合わせて踊っている。

私がいることに気づいたマドンナが、私を、おばさんアイドルの間に手招いた。

「雫さんも、さぁ一緒に踊りましょう。昇天の舞いです。アワトリスさんの、たっての希望ですから。間に合って、よかったですね」

おばさんアイドルたちは、どのくらいこの状況を続けているのか、額には汗が光っている。

でも、急に踊れと言われても、何が何やらさっぱりわからない。しかも、私だけパジャマ姿で全然気分が盛り上がらなかった。そもそも、私はさっきまで熱にうかされていたのだ。それを、いきなり踊れだなんて、無謀すぎる。

それでも、私はアワトリス氏の表情に、一筋の光を感じていた。だって、アワトリス氏、めちゃくちゃ幸せそうなのだ。恍惚、って言葉はきっと、今のアワトリス氏のためにある。まるで、観音菩薩みたいな薄笑いまで浮かべている。

曲が終わった時、カモメちゃんが叫んだ。

「クリトリスさーん！」

その声に合わせて、おばさんアイドルたちも、口々に叫ぶ。

女性たちの黄色い声を聞きながら、アワトリス氏は逝った。昇天、という言葉がまさにぴったりの旅立ちだった。

「願いが、叶いましたね」

マドンナが、合掌の手をほどいてつぶやく。相変わらず、アワトリス氏は恍惚の表情を浮かべている。アワトリス氏は、ずっと笑っているようだった。その寝顔を、カモメちゃんが静かに見つめている。

「立派な旅立ちでしたね」

私の体を支えてゆっくりと部屋に戻りながら、マドンナがしみじみと言った。

「アワトリスさん、すごく、幸せそうでした」

「だから、私が申し上げた通り、死ぬことは、オーガズムなんです」

マドンナはすっかり、自分がアイドルに扮していることを忘れているようだった。見ると笑いそうになるので、マドンナからなるべく目を逸らして話をする。

「あの方は、こちらに来るまで、ものすごく真面目な、国家公務員だったそうです」

「えっ、アワトリス氏がですか？」

思わず、マドンナの顔を凝視した。一瞬ぷっと吹き出しそうになったけど、マドンナはいたって冷静に答えた。

「はい、冗談のひとつも言えなくて、親父ギャグを平気で言える同僚や部下が、羨ましくてならなかったそうです」

「全く想像できませんけど」

私は言った。

「そういう自分が、嫌で嫌で仕方なかったんですって。それで、人生のお終いにキャラ替えしたんです。本名は、鳥洲さん。最初は名札にも鳥洲友彦とご本名をお書きになっていたのですよ。でもある時、ご本人からまじめに相談されまして。頭に、『粟』の字を追加してもいいか、って。もちろんです、とお答えしたら、その名前で名刺も作りたいと希望されたので、私が事務所にあるプリンターで印刷して差しあげたんです。その名刺を渡された第一号が、雫さんでした」

「そうだったんですね。アワトリス氏の名前に、そんな深い意味があったとは」

私は言った。それならそうと、最初から言ってくれたら良かったのに。でも、それを言えないのが、アワトリス氏だったのだろう。

「キャラ替え、大成功でしたね」

「確かにそうですけど」

アワトリス氏は、てっきり、オタクのスケベオヤジなのだと思っていた。

「雫さんに疎まれていること、あの方、喜んでましたよ」

「そんな……」

別に嫌っていたわけではない。ただ、なるべく避けていたのは事実だけど。

「正直に顔に出るから、素直だって褒めてました。自分も、あんなふうになりたい、って。仕事柄、多くの若者を見てきた方なので、そういうのは直感ですぐにわかるんだと思います」

私は、アワトリス氏に褒められることなど、何もしていない。でも、素直と評価されたことは、正直、嬉しかった。だってそれが、まさにライオンの家に来てからの私の課題だったから。

「後で、これからのことを相談しましょう」

そう言って、マドンナは廊下を歩いていく。

不思議なくらい、悲しくなかった。それはきっと、アワトリス氏が、あんなにあっぱれな死を遂げたからだ。そして私も、アワトリス氏みたいに、気持ちよく朗らかに死にたいと改めて思った。アワトリス氏が、死に方のお手本を見せてくれた。

そのアワトリス氏が、私の部屋の窓辺に置かれた椅子に足を組んで座っている。

「アワトリスさん、なんでここにいるんですか？　アワトリスさん、亡くなったんですよ」

私は言った。幽霊かもしれないと思ったけれど、少しも怖くなかった。

「雫ちゃんが心配だから、様子を見にきたんじゃない。それに最期、一緒に踊って見送ってくれたお礼も伝えたかったし」

アワトリス氏は、生きていた頃よりもずっと溌剌とした声で言った。これがアワトリス氏の本来の姿なのだと、私はすとんと納得した。

「私のこと、馴れ馴れしくちゃん付けで呼ばないでくださいよ」

ずっと言いたかったことを、私は言った。

「相変わらず、手厳しいなぁ。せっかく、迎えにきてあげたのに」

「結構です。私のお迎えになんか来なくて。それに私はまだ、そっちには行きませんよ。明日のお粥さんが気になるし」

「なんだよ、その態度。かわいくない」

「かわいくなくて、結構でーす。それより、どうでしたか？　死ぬ時」

「教えなーい」

「そんなケチなこと言わないで、教えてくださいよ、経験者しかわからないんだから」

「んー、そうだなー」

アワトリス氏は、まさに、考える人のポーズをとって考え込む。

「おしりの方からふわーっと宙に浮いて、そのままゆっくりとでっかい宇宙船で持ち上げられる感じ」

アワトリス氏は言った。

「ってことは、やっぱり気持ちよかったですか？　痛いとか、苦しいとか、怖いとかは？」

私は、気になっていたことを前のめりになって質問する。

「それは、秘密。自分で経験すればいいじゃん。どうせもうすぐなんだし」

「まぁ、それもそうですね」

私は言った。

「今度、デートしようよ」

アワトリス氏がウィンクする。

「どこでですか？」

「天国に決まってんじゃん」

「えー、そんなのお断りしますよー」

冗談半分に、私は言った。

だって、私にとって天国というのは、すごく素敵で、甘美な場所だ。きっと常に美しい花に囲まれていて、蝶や鳥たちが優雅にたわむれる楽園なのだ。だから、アワトリス氏と会うような場所じゃない。ましてや、デートだなんてとんでもない。

失礼だが、アワトリス氏は、私の好みのタイプでは全然ないし。でもそれも、もしかしたら私がアワトリス氏のかりそめの姿だけを見て判断しているせいかもしれない。

「厳しいなぁ」

アワトリス氏は唇を尖らせてつぶやいた。私はその声を聞き流した。

すると突然、アワトリス氏の顔が私の方へ近づいてきた。まずい、このままでは唇を奪われる。私は、とっさに身をかわして防御した。私の人生のラストキスは、タヒチ君と決めている。けれど、次の瞬間にはもう、アワトリス氏はそこにいなかった。

「アワトリスさん?」

あんまりにもいきなり消えたので、ちょっと不安になりアワトリス氏を呼んでみる。それでも返事がないので、今度はカモメちゃんの真似をして、

「クリトリスさーん!」

と大きな声で呼んでみた。それなら、また現れるかもしれない。

その声で、一瞬目が覚めた。けれど、目を開けようとしても、目やにが邪魔をしてまぶたがくっついたまま離れない。目やにを取りたくても、今度は手が持ち上がらなかった。仕方なく、私は再び目を閉じる。

次にやってきたのは、私よりも若い感じの女の人だった。

アワトリス氏と同じ場所に、その人が両膝を抱えてちょこんと座っている。

「やっと気づいてくれたのね」

その人が言う。

「どなたですか？」

遠慮がちに、私はたずねた。

「お母さんよ」

その人は言った。

「お母さん？　誰の？」

「あなたのお母さんに決まってるじゃない」

その人は、少しふくれっ面を浮かべて言う。

「あぁ」

そういえば、仏壇に飾ってあった母の写真と、どことなく面影が似ている。でも、こんなふうに面と向かって話すのは初めてだ。

「仏壇の遺影と印象が違うから、わからなかったよ」

正直に言うと、

「失礼な子ねぇ。せっかくお母さんが会いに来たのに、誰かもわからないだなんて」

彼女が口を尖らせる。その人をなんと呼んだらいいかわからなくて、意識して主語を外して聞いた。

「今、おいくつになられたんですか？」

「二十五歳」

彼女は言った。ってことは、亡くなった時のまま、歳をとっていないということだ。

私の実の両親は、豪雨の中、遠い親戚の法事に車で向かう途中、増水した川の流れに巻き込まれた。本当はその日、私も一緒に行くはずだったのだが、前の晩から熱を出してしまい、ベビーシッターさんの家に預けられていたという。だから、もしも私が熱を出していなかったら、私も両親と一緒に流されていたのかもしれない。遺された私を両親にかわって育ててくれたのは、母の双子の弟だった。

「私の方が年上なんだね。変な感じ」

私が言うと、

「それは、こっちの台詞でしょ。お母さんの顔もわからないなんて、私、ショックだわ」

彼女も負けじと言い返した。

「仕方がないじゃない。私が物心つく頃には、お父さんしか家にいなかったんだもの」

お父さん、という表現をことさら強調して私は言った。目の前の彼女に、私と父との絆を信じてもらいたかった。

「そうよね、ごめんね、早死にしちゃって」

彼女が、しんみりと言う。

「大丈夫。私、お父さんと幸せだったもの」

私が言うと、

「知っているわ、弟が、本当によく面倒を見てくれたから」

彼女は言った。子どもの頃だけでなく、大人になってからも、双子の姉と弟は本当に仲がよかったそうだ。だからこそ父は、孤児となった私を引き取り、育ててくれたのだろう。双子の姉の忘れ形見として。

「でも、時には辛い想いをさせてしまって、あなたには、本当に申し訳ないことをしたと思っているの」

「まぁ、たまには寂しいこともあったよ。お父さんが結婚してすぐの頃とかは。急に、一人暮らしになったしね。でも、今から思うと、私の人生、トントン、って気がする。いいことも、悪いことも、プラスマイナスゼロだよ」

「病気になったのに？」

「うん、病気になったからこそ、出会えた人もいるし。それに、犬も飼えたし」

その時、ふと六花のことが脳裏をよぎった。

「六花！」

大声で叫ぶ。その声で、また目が覚めた。窓辺の椅子に、もうあの人の姿はなくなっていた。

喉が渇いていた。多分、高熱も出ている。体中が熱くて熱くてたまらない。今すぐ、アイスクリームが食べたかった。

でもその、食べたい、という意思を伝えることが、もう私にはできない。

食べたい、食べたい、食べたい、食べたい。

アイス、アイス、アイス、アイス。

念仏のように唱えてみる。

すると今度は、なぜかおじいちゃんが現れた。

「しーちゃん」

耳元で名前を呼ばれて振り向くと、おじいちゃんが私と同じベッドで休んでいる。

「どうしたの？」

私は言った。

「しーちゃんに、会いに来たんだよ」

おじいちゃんはとっくに死んでいるはずなのに、おかしいな、と思いながらも、おじいちゃんの面影が懐かしかった。そういえば、おじいちゃんのお葬式の時、父が盛大に泣いていたっけ。

「久しぶりだね。おじいちゃんに会うの。元気？」

「元気だよ！　ほら、もう首も痛くないし、手もしびれない」

そう言われて、私はよく、おじいちゃんの肩たたきをしたことを思い出した。

「また、肩もんであげようか」

私が言うと、

「ありがとう。でも、もう痛くならないから大丈夫だよ」

おじいちゃんは言った。

「そっか」

私は、起き上がりかけた体を再び元に戻す。

「おじいちゃんに一回、私、怒られたことがあったね」

「そんなことあったかな。しーちゃんを怒ったことなんて」

「あるよ。お父さんからもそんなに怒られたことなかったから、その時、すごくショックだった。でも、ちょっとだけ嬉しかったの覚えてる」

「しーちゃんは、いっつもお利口さんだったから、怒ったことなんて、あったかなぁ」

おじいちゃんは、本当に覚えていないようだった。

そうだった、私はどこでも、いい子だと言われ続けた。近所の人からも、学校でも、友達のお母さんからも、雫ちゃんは、いい子ね、と言われた。だから、いい子じゃない自分がいたことを知って、おじいちゃんに怒られた時、私は少し嬉しかったのかもしれない。

おじいちゃんと話していたら、なんだか疲れてしまい、私は目を閉じて休んだ。そして気づいた時にはもう、おじいちゃんはいなくなっていた。

それからまた、母だと名乗る彼女が来た。

「ねぇ、せっかくだからどっか遊びに行こうよ。こんなチャンス、滅多にないんだから」

「ちょっと、静かにしててください。私、今休んでるの」

「もったいないって」

「何が？」

「だから、こんなふうに会えるのは、今しかないってこと。これを逃すと、もう二度と会えなくなるかもしれない」

彼女が私の腕を引っ張って、無理やり起こそうとする。

「ちょっと、乱暴はやめて」

「何よ、その言い方。親に向かって」

「親ったって、私より年下じゃない。それに、私あなたのこと、覚えていないもの」

寝ているところを起こされて、私は機嫌が悪かった。

「仕方ないでしょ、避けられなかったんだから。それに、私はしーちゃんのこと、覚えているもの。おっぱい飲んでる顔とか、初めて笑いかけてくれた時のこととか。しーちゃんのこと大好きで、離れるのが辛くて、ずっとずっと自分の死が受け入れられなくて、でも、弟ががんばって子育てをしてくれて、その姿をいつもいつも遠くから見守ってきたの。私だって、しーちゃんと動物園に行ったり、キャンプに行ったり、したかったよ。仲間に入れてほしかった。でも、できなかったの。どれだけ私が、あなたと手をつないで歩きたかったか、わかる？　それでやっとそのチャンスが巡ってきたっていうのに、その態度はひどすぎるわ」

彼女が、切々と不満を訴えてくる。

「そんな、ムキにならなくったって、いいじゃない。でも、お父さんはいっつも言ってたよ。何かいいことがあったりするたびに、天国のパパとママに感謝しようね、って」

今から思うと、父は、私の実父である「パパ」という存在に、とても気を遣っていた。

「知ってるわ。私のことを誰かが思い出してくれるたびに、地球がぼんやり明るくなるから」

「そうなの？　地球が？」

私は驚いてたずねた。

「そうねぇ、うまく表現できないけど。でも、とにかくわかるの。あ、今誰かが私のことを思い出してくれたな、って」

「そうなんだ。知らなかったよ」

「それより、しーちゃん、遊びに行こうってば。お母さん、新しいお洋服、買ってあげる。娘と買い物をすることが、夢だったんだもん」

彼女はそう言うと、再び私を起こそうとする。

「もう、新しい服なんていらないよ」

私が言うと、

「じゃあ、アイス食べに行こう。しーちゃん、アイスクリーム食べたいでしょ」

なおも食い下がってくる。

「なんでわかるの？」

「そりゃ、しーちゃんのことはなんでもお見通しなの。何アイスにする？」

「バニラ」

私は即答した。

「コンサバねぇ。じゃあ、トッピングは？」

「いらない。私はシンプルなバニラが好きなの。っていうか、何？　コンサバって？」

「やだ、コンサバも知らないの？　コンサバっていうのはね、保守的で面白みがないってこと。それよりも、お母さんは、アイス、何にしようかなぁ」

彼女はしばらく考えると、

「ココナツミルクとヨーグルト。それに、アーモンドスライスもかけてもらおう」

弾んだ声を上げる。

「ちょっと欲張りなんじゃない？　それに、そんなに食べたら、おなか壊すよ」

「いいの。だって、アイス好きだから」

「そっか。私のアイス好きも、遺伝ってこと？」

「かもしれないわね」

彼女が、年相応の幼い声を出す。

「しーちゃん、ひとつお願いしたいことがあるの」

しばらくしてから、彼女は言った。

「あのね、お母さんって、呼んでみてくれる？　私まだ、一度もそう呼ばれたことがないから」

確かに、そうかもしれない。彼女が亡くなった時、私はまだヨチヨチ歩きの幼子で、きちんと言葉を発することができなかった。

「お母さん」

私が言うと、

「きゃー、嬉しい！　ありがとう」

彼女が本当に嬉しそうな笑顔で私を見る。

「私の名前って、お母さんが考えてくれたんでしょう？」

私にとって、母との結びつきを感じさせるものは、自分の名前だった。

「そうよ。お母さんね、海が大好きだったから、海野っていうパパの苗字が、すっごく気に入ってたの。それで、海野に合う名前は何がいいかなーって色々考えて、雫っていうのを思いついたの」

「そっか、知らなかった。誰も反対しなかったの？」

私がたずねると、

「もしかして、しーちゃんは、自分の名前、気に入ってない？」

彼女が、心底不安そうな顔をする。

「気に入ってるよ。アイドルとか声優みたいな名前だ、ってよく言われるけど」

それから、私は心を込めて、彼女に言った。

「ありがとう」

名前のこともそうだし、産んでくれたことに対しても、両方だ。確かに、死んだ母に会えるチャンスなど、めったにない。それはきっと、私自身が今、死の瀬戸際をさまよっているからなのだろう。

「あのね、教えてほしいんだけど」

私は、ベッドに寝そべったまま、彼女にたずねた。

「天国って、どんな感じ？」

それが今、私にとっては一番の関心事だ。

「とっても素晴らしいところよ。

きちんと言葉で表現するのは難しいけど、ずっと目が悪くてよく見えなかった状態から、いきなり自分にぴったりのメガネを与えられた感じかしら。物事が、ものすごくくっきり見えるようになったわ。次元が違うっていうのかな？　それまでの世界が、原始時代に思えたほどよ」

彼女はうっとりとした表情を浮かべて言った。

「そっか、この地球よりももっと美しい場所があるんだね」

私が言うと、

「でもね」

彼女は少し強い口調で言った。

「何が大事かって、今を生きている、ってことなの。自分の体で、感じること。目で見て感動したり、触ったり、匂いを感じたり、舌で味わったり。そういうことが、今のお母さんには、とーっても懐かしいわ。体がなければ、できないことがたくさんあるから。

そのことに、意味があったんだ、って、お母さんね、死んでから初めて気づいたのよ」

「じゃあ、早く死んじゃって、後悔しているの？」

私がたずねると、

「うーん」

彼女は深く考え込んだ。それから、ゆっくりと心の底を探るようにして言った。

「自分が後悔するとかしないとか、そういう話ではないのよ、きっと。それはもう、お母さんがどうしても避けては通れなかった道というか。そのことから、お母さんは学ばなくてはいけなかったの。それがお母さんの、その時に与えられていた人生の課題だったの」

「そうなんだー」

人生の課題なんて言われても、私にはまだよくわからない。

「最初はね、体がなくなって、いろんなことがわかって、嬉しくて、楽しくて、ばんざーい、って感じだったわ。でもだんだん、体があった頃が恋しくなって、あの次元に戻ってもいいかな、って思えてくるの。辛い出来事や苦しい気持ちが、なんだか懐かしくなって。きっとこういうのを、無い物ねだり、っていうのよね」

そう言うと母はにこっと笑った。その笑い方がなんだかとても幼くて、あぁやっぱり母は私より年下なんだな、と実感した。私はもう、あんなふうに無邪気に笑うことはできない。

「ってことは、もうすぐ生まれ変わるってこと？」

話を戻して私がたずねると、

「そうよ、だって、地球上にもう見守る相手がいなくなってしまうでしょう」

つまらなそうに、彼女は言った。

「そっか、ずっと私のことを見守ってくれてたんだね」

驚いて私が言うと、

「当たり前じゃない！」

彼女は語気を強めた。

「自分が産んだ子どもだもの。死んだって、そのことに責任があるわ。あなたが、一日一回は笑顔になれるように、最大限のことはしてきたつもりよ。その役目も、もうすぐ終わってしまうけど」

しんみりと、彼女がつぶやく。

「お母さん」

私は言った。

「なあに?」

彼女が顔をこっちに向ける。私は続けた。

「私ね、まだもう少しだけこっちにいたいんだけど、その時が来たら、ちゃんと私を迎えに来てくれる?」

「もちろんじゃない!」

彼女が即答する。

「だってそのためにお母さんは先に天国に行ったんだから」

「じゃあ、約束ね」

「うん、絶対に約束するわ」

それから、彼女は少し姿勢を正すと、じーっと私を見て、言った。

「しーちゃんが優しい人に育ってくれて、お母さん、心から幸せです」

その後、またひとり、知らない人が現れた。もしかしたら、もう長いことずっと、そこにいたのかもしれない。髪の長い、きれいな女の人だ。椅子に座ったまま、海の方を眺めている。誰だろう、と思いながら、私はそっと声をかける。

「はじめまして」

ゆっくりと、彼女が振り向いた。

「ごめんなさいね、起こしちゃったかしら？　なんだか、ここから見る瀬戸内海が懐かしくって」

ということは、もしかしてこの人も以前、ライオンの家にいたことがあるということだろうか。鼻筋がすーっと通っていて、凜とした美しい人だった。

「私、海野雫といいます」

この人と親しくなりたいと思って、私は自ら名乗り出た。

「私は、鈴木夏子です。気軽に、夏って呼んでください。もう随分前になりますけど、ここから旅立ったゲストのひとりです。

今日はね、私、あなたにお礼を言いにきたんです」

夏さんは、私の目をまっすぐに見て言った。

「お礼？　なんでですか？」

私がそう質問するのを期待していたのか、夏さんはにこっと向日葵みたいな笑顔を見せる。

「あなたが、六花を本気で愛してくれたから」

「えっ、てことは、夏さんは……」

「そう、六花の元の飼い主なの」

まさか、そんな人に会えるとは思っていなかった。

「ありがとうございます」

私は言った。言った瞬間、両方の目から涙がこぼれた。夏さんへの、感謝の気持ちがせり上がってくる。

「こちらこそ、ありがとう。六花の幸せそうな姿が見られて、私も心から幸せなの」

夏さんの目にも、うっすら涙がにじんでいた。

「私、六花のこと、本当に好きです」

「そうよね、私も六花のことが、大好きだった。でも、六花が心配で、なかなか遠くの空へ旅立てなかったの」

「じゃあ、ずっと六花を近くで見守ってたってことですか？」

私の母が、私を見守ってくれていたように。

「そうね、簡単にいうとそんな感じね。ごはん食べてるかなぁ、とか、お散歩連れてってもらえるかなぁ、とか。もちろん、あなたがここにいらっしゃる前も、六花はたくさんの愛情を注いでもらっていたわ。私が心配する必要なんてないくらい。

多分、私自身が、六花のそばを離れたくなかったんだと思う。それでずっと、近くにいたの。でも、たとえ六花に何かがあっても、私は何ひとつ具体的には手を差し伸べてあげることができない。体がないって、そういうことなの。

六花にとって必要なのは、私みたいな存在じゃなくて、温もりのある肉体だった。雫さんが、六花に優しい温もりを与えてくれたわ」

夏さんからの言葉を聞きながら、私はますます涙が止められなくなった。

「あなたは知らないかもしれないけれど、あなたと寄り添って寝ている時の六花の寝顔は、本当に至福そのものよ。私、六花の寝顔を見るのが大好きなの。幸せー、気持ちいいー、って全身で訴えるから。もうそれを見ているだけで、私も幸せになれるのよ。

たくさんの人にかわいがってもらっていたけれど、六花のあの至福の寝顔を見るのは、本当に久しぶりだった。正確には、私が体を失って以来、初めてのことなの。

六花は、ああ見えて誰でも好きになるってタイプでもないのよ。結構、好き嫌いがはっきりしているから。興味がなかったり好きじゃない相手には、決して尻尾を振らないわ。でも、大好きな人にはいくらでも笑顔を振りまく。六花は、そんな正直な犬なの」

「夏さんは、六花と、どこで知り合ったんですか？」

「そうねぇ、それを話すと長くなるけど」

夏さんはそう前置きしつつ、六花との馴れ初めを語り始めた。

「六花とは、動物愛護団体の紹介で知り合ったのよ。私、その頃離婚したばっかりで、いろんなことがうまくいっていない時期だった。話す相手もいなくって、その時たまたま、歩いていて張り紙を見つけたの。この子の飼い主を探しています、っていう。

その時、六花はまだ子犬だったわ。正式な誕生日なんか知る由もないけど、おそらく、生後半年くらいだろう、って言われた。体の大きさは今とほとんど変わらなかったけど、まだあどけなさが残っていて、会いに行ったら、私を見て、きゅぅん、って鳴いたの。

こんなにかわいいのに、なんでこの子が動物愛護団体に保護されたんだろう、ってすごく疑問だった。でも、六花にはひどいアレルギーがあったのね。おそらく、六花を産んだ母犬が、何回も何回も無理な出産を強いられていたんでしょう。その時初めて、私は、日本のペット業界の、おぞましい現実を知ったわ。

それで、人生のこんなタイミングで出会うことも縁だと思って、六花を引き取ることにしたのよ。傷ついた者同士が一緒に暮らせば、何かが変わるんじゃないか、って期待したの」

「犬を飼うのは、初めてだったんですか？」

「そう、それまで、犬にはそんなに興味がなかったから。

確かに、最初はとっても大変だった。女の子だから、どこにでもすぐにオシッコしちゃうし。アレルギーがひどいから、市販の餌をあげられなくて、毎食、手作り食をあげていたし。でも、その大変さの何倍も、何十倍もの幸せを、六花は毎日毎日、もたらしてくれたの。

　どんより曇っていた私の空が一気に晴れて、青空になった。

六花と一緒にいると楽しくて、離婚で落ち込んでいたのに、人生がひっくり返っちゃった」

「六花って名前は、夏さんがつけたんですか？」

「そうよ。私は夏生まれだから、夏子になったんだけど、六花はおそらく、冬の寒い時期に生まれているの。それに毛が真っ白で綿雪みたいだから、雪にちなんだ名前がいいと思って」

「六花って名前、とっても素敵だと思います」

私は言った。本当にそう思っていた。

「ありがとう。雫さんにまでそう言ってもらえて、嬉しいわ。六花はね、私にとってかけがえのない存在で、いまだに私の一部なの。だから、六花が幸せなら、私も幸せ」

「わかります、その気持ち。私も、六花のこと、自分のことのように感じることがありますもん。

でも、もうすぐお別れしなくちゃいけないのが、辛くて」

私は正直な気持ちを打ち明けた。

「そうよね、本当に辛いわよね。私も、六花のそばに一日でも、一時間でも、一秒でも長くいたくて、ふんばったもの。

でもね、雫さん、安心して」

夏さんは、改めて私を見た。そして、ふーっと息を吐くように、ゆっくりと言った。

「六花には、すべてわかっているから。

六花は、自分のせいで雫さんが痛いのを我慢したり、旅立てないでいることの方を、心配しているわ。

私、今日は、雫さんへの感謝の気持ちと一緒に、そのことを伝えにきたの」

六花が、私の状況をすべてわかってくれているなんて……。

「六花は、本当に優しいんですね」

「そうなの、六花の心は、私なんかより、ずっとずっと大きくて、そして深いのよ」

それからふたりで、海を見た。

「きれいね」

「本当に」

「少し疲れたので、私、休みますね。でも、夏さんはまだ、ここにいてください。夕日もきれいですから」

「ありがとう」

夏さんが、穏やかに波打つ海を見ながら答えた。

けれど再び目を開けた時、夏さんはもういなくなっていた。

私はもう、美しい朝の海に遭遇しても、自分の手で自分の耳にイヤホンを入れ、音楽を聴くことはできない。

以前の自分だったら、そのことを嘆いていただろう。でも、今は違う。私は知ってしまったのだ。毎朝耳にしていたあの音楽は、すでにここにある、と。私は何度だって、あの音色を頭の中で再生することができる。すでに音楽は私と共に常にあり、まるで私自身の内臓と同じように、離れがたく密着している。だからもう、哀しいとは思わない。

チェロの奏でる美しい旋律だけではなく、私が幼い頃に見た風景や、父と共に過ごした穏やかな時間、口にした食べ物、喜びや悲しみ、私の人生のすべてがここにある。私の内側に蓄積されている。その中には、生まれたばかりの私を宝物のように扱う、両親の温もりや眼差しも含まれている。

不思議なことに、死に近づけば近づくほど、私は実の両親の存在を強く感じるようになった。私が今ここにいるのは、すべて、両親のおかげだった。

私は、以前よりもだいぶ不自由になった体で、時々笑い、時々泣いた。まだ、感動する心を失っていないことに感謝だ。だけどその涙はもう、百パーセント、喜びの涙だった。自分はなんて幸せなんだろう、そう感じるたびに、私の目からは涙があふれた。


そしてまた、日曜日のおやつの時間が訪れた。

今度こそ、私のリクエストが選ばれるかもしれない。

モルヒネの効果で、またしてもＱＯＬが向上した。歩いて行けそうなので、よちよち歩きではあるものの、久しぶりに自分の足で立って歩く。

暖炉のそばにあるいつものテーブルについて始まるのを待った。タケオさんの豆花、マスターのカヌレ、百ちゃんのアップルパイ、そしてシマさんの牡丹餅。どのおやつも、ちゃんと私の体と心になっている。けれど、私の記憶にあるのはそこまでだ。

「それでは始めます」

いつものように、マドンナがリクエスト用紙を読み上げる。おやつの間には、先生や、珍しくシスターの姿もある。

「私は、父とふたり暮らしでした。

子どもの頃も、そして今も、私は父が大好きです。

私が、小学校の二年か三年の時だったと思います。ちょうど日曜日が、父の誕生日でした。

それまで、父が私の誕生日をお祝いしてくれることはあっても、私が父の誕生日をお祝いする、ということはありませんでした。けれど、その時に私はふと、今日は私が父のお誕生日会を開いてあげよう、とひらめいたのです。

その日、私は初めて、ひとりでお菓子を作ることに挑戦しました。今まで、父と一緒に台所に立って、簡単なおやつを作ったことはあります。けれど、自分だけで作ったことはありませんでした。

私は、そのアイディアに夢中になりました。父が使っていたお菓子のレシピ本を開き、どれを作るかを決め、材料を書き出して、買い物にもひとりで行きました。そんな私を、きっと父ははらはらした気持ちで見ていたと思います。けれど私は、自分でお菓子を作るということに興奮して、父の心配など考えもしませんでした。父には、絶対に台所には来ちゃダメだから、と言って、ずっと、他の部屋にいてもらったことを覚えています。

私が選んだのは、ミルクレープというお菓子でした。

薄いクレープ生地をたくさん焼いて、その間にクリームをはさんで重ねていきます。きっと、子どもながらに、自分でも作れそうな簡単なお菓子を選んだのでしょう。オーブンを使わず、フライパンで作れるというのも、ミルクレープを選んだ理由だったかもしれません。

フライパンに生地を流して、薄く焼いたものを何枚も作ります。それから、生クリームを泡立てました。電動式のがなかったので、泡立て器をひたすら動かして泡立てるのですが、なかなか角《つの》が立たず、私は途中でめげそうになりました。けれど、父に頼るわけにはいきません。私は、腕がちぎれそうになりながら、無我夢中で泡立てました。途中から、ボウルの下に置いた氷が効いてきたのか、ようやく生クリームに角が立ち、ホッとしました。

それを、焼いたクレープの間に塗って重ねていくのですが、私は、生クリームだけでなく、冷蔵庫にあったジャム、それも数種類のジャムを重ねていきました。つまり、生クリームの次はイチゴジャム、その次にまた生クリームを塗ったら、今度はマーマレード、というふうに、味にバリエーションを持たせたのです。家での朝食はパンが中心だったので、冷蔵庫にはいろんな種類のジャムがありました。中には、父お手製のジャムもありました。

本当は最後、市販のデコレーションケーキみたいに、『お父さん、おたんじょうび、おめでとう』とチョコレートで文字を書いて入れたかったのですが、買い物の時、そこまで気が回らず、それ用の容器に入ったチョコレートクリームを買ってきていませんでした。その代わり、折り紙をハート型に切って、そこにメッセージを書いて完成したミルクレープの上にのせました。

これが、私が人生で初めて自分で作ったお菓子です。私は、自分で作ったミルクレープをラップで包み、冷蔵庫に入れました。

夜は、父がお寿司の出前をとり、ふたりでビデオを見ながら食べました。そして、いよいよケーキの登場です。

私は、父を驚かせたくて、背中を向けたままミルクレープを運びました。

ミルクレープには、一本だけ、小さなろうそくを立ててお祝いしました。

そのミルクレープの味が忘れられません。自分で作って言うのもなんですが、本当においしかったのです。

それに、なによりも嬉しかったのは、父が喜んでくれたことです。

あのミルクレープを、旅立つ前に、もう一度食べたいです」


そこでマドンナは一礼すると、読んでいたリクエスト用紙を折りたたんでメイド服のエプロンにそっと戻した。

すると、

「覚えています」

どこからか、懐かしい声がする。それは、紛れもなく父の声だった。でも、どうして？　父がライオンの家にいるなんて、ありえない。おかしいな、そう思いながらゆっくり振り向くと、今度は、本物の父が窓辺の椅子に座っている。

どういうこと？

頭が混乱した。もしかして、私の知らない間に、父も他界し、私を迎えに来てくれたのだろうか。そんなことを考えてぼんやりしていたら、

「しーちゃん！」

私に気づいた父が、驚いた表情をする。

「雫さん、目を覚ましましたね？」

落ち着いた声で、マドンナが言った。

「わ、た、し」

私は言った。けれど、いくらちゃんとした声を出そうとしても、かすかに、囁くような声しか出せない。おなかに力が入らないのだ。

「雫さん、まだちゃんと生きてますよ、お父様が会いにきてくださいました」

私の目をじっと見ながら、マドンナがゆっくりと言葉をつなぐ。それはまさに、私が今、聞きたかったことだった。

「な、ぜ？」

私は言った。

どうして、私がここにいることが、わかったのだろう。

すると父は、私の幼馴染の名前をあげ、彼女が教えてくれたんだ、と微笑んだ。

父が近づいてきて、私の手にそっと触れる。それから、さりげなく私の目やにを取ってくれた。

「しーちゃん、がんばったな」

父の言葉に、

「本当に、雫さん、よくがんばりました」

マドンナも声を重ねる。

「ろっか」

私は言った。今すぐ六花に会いたかった。

「すぐに呼んできましょう」

マドンナが、足早に部屋を出て行く。

久しぶりに父を見た。

もう、会えないかと思っていた。

でも、幼馴染にメールで近況を伝えた時、私はどこかで父につながることを期待していたのかもしれない。表面的には、もう父には会わなくていい、と覚悟を決めていたとしても。病気のことを黙っていたことに対して怒られるかと思ったけれど、父は何も言わなかった。

そのかわり、そうだ、これ、と言って、紙袋から風呂敷に包まれている箱を取り出した。私の横で、父が風呂敷の包みを素早くほどく。箱の蓋を開けると、そこにはおにぎりが並んでいる。正三角形のおにぎりが、瀬戸内の島影のようだ。お米がきらきら光っている。ライオンの家に来る時、船から見た風景を思い出した。

「しーちゃん、食べる？」

本当は、思いっきりかぶりつきたい。でも、体がもう受けつけない。ごめんね、と思いながら、首を横に動かす。そんな私の頭を、父が無言で優しく撫でてくれる。あったかい、お日様のような父の温もり。この人が父で、本当によかった。そして私に体を与えてくれた天国の両親にも、私は心から感謝した。

「雫さん」

マドンナの胸に抱かれて、六花がやってくる。すぐに私のベッドに飛び乗って、体をすり寄せてきた。六花流、親愛の挨拶だ。ふさふさの毛が、きめ細かい泡のように私の手のひらを包み込む。けれど私はもう、六花がしてくれるように親愛の挨拶を返すことはできない。それでも、私は心の声を大にして伝えた。

六花、六花の大好きな人に会ったよ。

夏さんも、六花が大好きだって言ってたよ。

六花は夏さんと、素敵な時間をたくさん過ごしたんだねぇ。よかったねぇ。

すると、

「本日のおやつの時間に振る舞われた、ミルクレープをお持ちしました」

マドンナが朗らかな声で言う。

そっか、私がさっきおやつの間にいたのは、幻想だったのか。今でもまだ、どっちが現実で、どっちがそうじゃないのか曖昧だ。いきなりくるっと表と裏がひっくり返ることだって、十分ありえた。

「今、お茶をご用意してきます」

マドンナが、静かに部屋を後にする。けれど、改めて父と向かい合っても、何を話していいのかわからない。それに、私はもう、ほとんど声が出せなかった。体が動かなくなることはある程度予測していたし、それなりの覚悟もできていた。でも、声が出せなくなるというのは想定外だった。

すると、父が言った。

「実は今日、しーちゃんにどうしても会いたい、っていう人を連れてきてるんだ」

「お、く、さ、ん？」

ほとんど出ない声で、私は聞いた。父は、黙ったまま首を横に振って否定する。本当は、父の奥さんになった人の名前を知っている。でも私はまだ、その人の名前を素直に呼ぶことができない。意地っ張りな自分がいる。でもそれも含めて、私なのかもしれない。

「娘だよ。もうすぐ中学生になるよ。

娘に、実は君にはお姉ちゃんがいるんだよ、って話したら、会いたい、会いたい、お姉ちゃんに会いたい、ってきかなくってさ。

このこと、ずっとしーちゃんに伝えなきゃ、って思っていたんだけど、なんだか言えなくって。驚かせちゃって、ごめんね」

父は言った。

私に、妹がいたの！

私は、そう大きな声に出して言いたかった。でも、言えない。言えないかわり、あ、い、た、い、と父にもわかるよう、がんばって口を動かしてみる。妹という言葉を聞いた瞬間から、心がぶるぶる震えていた。とんでもないサプライズだ。

「わかった。今、車の中で待ってるから、連れてくるよ。しーちゃん、このまま横になって休んでて」

父は早口でそう言うと、弾かれるように部屋を飛び出す。

私は、六花とふたりきりになった。ぎゅーっと胸に抱きしめたいのに、もう、六花を抱き上げることもできない。

ご、め、ん、ね。

多分もう、腕枕もしてあげられない。でも、六花への愛情は少しも減っていないのだということを、どうにかして伝えたかった。

「ほら、雫お姉さんだよ」

父にうながされて、女の子が恥ずかしそうに部屋にやって来る。手にブーケを握っていた。

「お、な、ま、え、は？」

私が問いかけると、

「梢です」

梢ちゃんは、はにかみながらもちゃんと答えた。

「やっぱり、目元とか、似てますね。雫さんに」

それぞれのティーカップにハーブティを注ぎながら、マドンナが言う。私はまじまじと妹の顔を見た。世の中的には、妹じゃなくて、従姉妹というのかもしれない。でもやっぱり、私にとっては妹だった。自分に妹ができていたことが信じられなくて、夢を見ているような気分になる。

私は、ひとりぼっちなんかじゃなかったのだ。

そう思うと、しみじみ、嬉しかった。最後まで売れ残っていた福袋を買ったら、思いのほか自分好みの物がいっぱい入っていて得した気分だ。

「どうぞ、召し上がってください」

マドンナが、ミルクレープを切り分けて、私たちの前に出してくれる。私はゆっくりと体を起こした。海の上で、光の粒たちが歓喜のあまり踊っている。その光を見ている私もまた、歓喜のあまり踊り出してしまいそうだった。

けれどもう、ミルクレープを食べることはできなかった。あんなに切望していたのに。でも、いくつもの層になったそのお菓子を見ているだけで、心がふわりと柔らかくなる。何気ない日常の間にキラキラした甘い思い出が挟み込まれていて、それはまさしく私の人生を象徴するようなお菓子に思えた。ミルクレープを食べている父と梢ちゃんのそばにいるだけで幸せだった。父と共に過ごした、たくさんのことを思い出していた。

「お、い、し、い？」

ゆっくり梢ちゃんにたずねると、梢ちゃんは唇をきゅっと結んで、こくんと頷く。きっと、こんな病人を目の当たりにするのは初めてだろう。自分が梢ちゃんに恐怖を与えていないだろうかと、心配になる。でも、私は梢ちゃんと会えて、心の底から幸せだった。人生のラストボーナスだ。

すべては、私の人生の結果。生きてきた時間の結晶が、今だ。だから、私が私の人生を祝福しなくて、誰が祝福するの？

私は、私自身をこの両腕で強く抱きしめ、その背中に、お疲れ様、よくがんばったな！とねぎらいの言葉をかけたかった。

このタイミングで旅立ってもいいのかもしれない。

ふと、そう思った。

私にはもう、心残りはひとつもない。父にも、会えた。その上、予想もしていなかった妹にまで会うことができたのだ。終わり良ければすべて良し、ってこういうことなんだなぁ、と私は妙に納得した。

振り返ると、なんて味わい深い人生だったのだろう。私はこの人生で、酸いも甘いも経験した。きっと、私の人生は、生きることのままならなさを学ぶためにあったのかもしれない。

目を閉じて、数字を数えてみる。今なら、すーっと体から出られそうな気がした。数字を数えていると、自分が幼い頃に戻って、父とお風呂に入っていた。いーち、にーい、さーん、しー、私の横には、まだ髪の毛もふさふさの、若い頃の父がいた。ごーお、ろーく、しーち、はーち。

お湯が温かくて気持ちよかった。

けれど、もし今私がこのタイミングで旅立ったら、父と梢ちゃんは混乱するかもしれない。私自身に死ぬ覚悟はできていても、父や梢ちゃんは違う。私が今旅立ったら、驚くだろう。後悔させてしまうかもしれない。だから、やっぱり今旅立つわけにはいかない。

そう思って再びゆっくり目を開けると、私は言った。

「お、さ、ん、ぽ。

み、ん、な、で、ぶ、ど、う、ば、た、け、い、か、な、い？」

さっきより、更に声が出なくなっている。声というより、ほとんど息しか出なかった。でも、マドンナは読話術のように私の言葉を読み取り、解読した。

「いいですね、せっかくお父様とお妹さんがいらっしゃったのですから、みんなで、お散歩に行きましょう。これからすぐに、スタッフたちと出かける用意をしてきます。雫さんは、もう少し、くつろいでいてください」

マドンナが、いつも通りの落ち着いた声で言った。

梢ちゃんが私のベッドに浅く腰かけ、六花の背中を撫でている。本当は、梢ちゃんとたくさん話したかった。六花のことを、もっともっと教えてあげたい。それに、ミルクレープの作り方も、伝えたい。そうすれば、こんどは梢ちゃんが、父に作ってあげることができる。

もしも私が昨日死んでいたら、こうして父や梢ちゃんと会う機会もなかったのだ。そう思うと改めて、この体にまだ命というものが宿っていることに感謝した。吹けば消えそうなかすかな命でも、命があるからこそ、今日がある。だから、もっと生きたい、死にたくない、と願うことは、決して間違いではなかったのだ。

ありがとう！　神さま。

私は、ありったけの心の声で叫んだ。

散歩には、マドンナの他、いつも私の身の回りの世話などをしてくれるスタッフさんたちも一緒に来てくれた。私はもう自力では歩けないので、車椅子を押してもらう。もちろん、六花も一緒だ。相変わらず、ぴょんぴょんとウサギみたいに跳ねている。

「もうすぐ二月ですねぇ」

青空を見上げて、マドンナがつぶやく。

「どこかで、梅が咲いているみたいですよ」

スタッフさんのひとりが続けて言った。

「そろそろ、おいしいイカナゴの季節がやって来ますねー」

もうひとりのスタッフさんも明るい声で言う。

そうか、もうすぐ二月になるのか。ということは、ライオンの家に来てから、一月が過ぎたのだ。

私は、目を閉じて大きく息を吸い込んだ。確かに、ほんのり柔らかい、梅の香りがする。思いっきり息を吸い込んだら、体の内側にたくさんの梅の花が咲いたような気分になった。大好きな、柑橘の香りもする。今度は思いっきり、その息を外に吐き出す。

今というこの瞬間に集中していれば、過去のことでくよくよ悩むことも、未来のことに心配を巡らせることもなくなる。私の人生には、「今」しか存在しなくなる。

そんな簡単なことにも、ここまで来て、ようやく気づいた。だから、今が幸せなら、それでいい。

父と梢ちゃんは、私の車椅子を左右から挟む形で、ゆっくりゆっくり歩いている。葡萄畑に行きたいと言ったのは、タヒチ君に会いたかったからではない。むしろ、タヒチ君にはもう、私のこんな骸骨みたいな姿を記憶にとどめてほしくなかった。

そうではなくて、私は父と梢ちゃんに、あそこからの風景を見せてあげたかったのだ。そしてそれを、ふたりへのお土産にしたかった。別れの悲しみではなく、美しい海と空と光の記憶を家に持ち帰ってほしかった。私にはもう、それくらいしかふたりにプレゼントできるものがない。でも、一緒に美しい景色を見ることこそが、最上のプレゼントに思えた。

生きてて、よかった。

今日という日を迎えることができて、本当によかった。

もう、元気な頃の体には、戻れない。でも、元気な頃の心は取り戻せた。そのことが今、すごく誇らしい。

感謝の気持ちが、私の中で春の嵐のように吹き荒れていた。

その後、私は奇跡的に、次のおやつの時間にも参加することができた。私はまだ、神さまによって生かされている、らしい。

もう、私の望みはすべて叶えられたから、今度は、誰かの望みに立ち会う番だった。

すでにおやつの間には、大勢の人が集まっている。どんなおやつが出されるのかと、みんなのワクワクが伝わってきた。今日は本当に人がたくさんで、おやつの間には入りきらず、廊下にまで人があふれている。

いつものように、みんなの前にマドンナが立ち、リクエストを朗読する。花粉症なのか風邪なのか、マドンナはいつもより鼻声だった。

「学生時代に知り合いに頼まれて詞を書いた歌謡曲がいきなり大ヒットして、そこからはずっと、先生と呼ばれる人生を歩んできた。自分の人生には逆境などひとつもなく、常に追い風が吹いていていた」

先生だ。先生が書いた文章だ。マドンナは続けた。

「そんな自分が、いきなり癌になった。青天の霹靂だった。病気が治らない段階のものだとわかったとたん、周りにいた人間が蜘蛛の子を散らすように離れていった」

「それは、自分のせいです」

　私は言った。今まで、そんなことをしたことは一度もない。けれど、勝手に口が動いていた。

　マドンナが、私を見て、大きく頷く。マドンナの朗読を中断してしまったことに気づいて、ごめんなさい、と謝った。それからマドンナは、心をしずめるように一度深呼吸してから、何事もなかったように再開した。

「自分に癌が見つかった時、俺はあろうことか女房のせいにした。お前が、遺産目当てで俺の食事に毒でも盛ってたんだろう。軽い冗談のつもりだったが、女房はその次の日、離婚届を置いて家を出た」

　当然だ。自分の癌を人のせいにするなんて、ありえない。そう思ったけれど、もう口に出しては言わなかった。

「外に女を作っては、関係がこじれる度、家に戻って女房の世話になった。いい家を建て、車や宝石を与え、海外旅行に行かせ、女房を満足させていると勘違いしていた。何もかも、自分の思い通りになると思っていた」

　こういう考え方を平気でする人に、呆れてしまう。先生って人は、なんておめでたいのだろう。でも、このこともう、口に出しては言わなかった。

「この間、女房に言われた。人の幸せっていうのは、どれだけ周りの人を笑顔にできたかだと思う、と。唯一、俺を最後まで見捨てずにいてくれたのが、女房だったんだと後からわかった」

私はどれだけ、周りの人を笑顔にできたのだろう。

「それでも、俺はその時、悔し紛れに、バカヤロー、と怒鳴り散らすことしかできなかった。すべて図星だったが、その場で認める訳にはいかなかった。こんな結果になったことを誰かのせいにしなければ、気が済まなかった」

その時の様子の一部を、私は廊下で聞いていたのだ。振り返ると、あの頃から、体が言うことを聞かなくなってきたような気がする。もちろん、先生が元奥さんに対してわめき散らしたこととは関係がないけれど。再び、マドンナの声がする。

「女房は、レーズンサンドを持って見舞いにきていた。

俺の大好物のレーズンサンドだ。

でも俺は、そんなものはいらない、持って帰れ、と突き返した。

女房は、最後くらい一緒にお茶を飲みながらレーズンサンドを食べたかったのかもしれない。

女房には、詫びても詫びきれない。

本当に、すまないことをしたと反省している。

病気になって、俺は本当に生まれて初めて、金では買えないものがあることを知った。それに気づいたら、世の中は金で買えないものばかりだった」

マドンナは、そこまで読み上げると、ふと顔を上げた。それから、厳かな声で言う。

「誰もが、自分の蒔いた種を育て、刈り取って、それを収穫します」

マドンナの言葉を聞きながら、先生が泣いていた。泣いているのを悟られないよう、唇をぎゅっと噛んで泣いている。

「僕は、畑に何も植えていなかったんですね。すべては、幻だったんです」

涙ながらに、先生は告白した。

するとマドンナは、いきなり顔を上げ、うたい始めた。それは、私でも知っている有名な曲だった。途中から、他の人も何人かが声をそろえて歌に加わる。うたい終わると、マドンナは言った。

「ちゃんと、種を蒔いているじゃありませんか。あなたの書いた歌に励まされた人が、ごまんといます。僭越ながら、私もそのひとりです」

おやつの間に居合わせた人たちから、拍手が起こった。私も、拍手に加わった。今耳にした曲の歌詞が、杭のように胸の深いところに刻まれている。大体のメロディーは知っていたけれど、サビの部分以外のところもきちんと意識して聞くのは初めてだった。目の前の先生が書いたとは思えないくらい、純朴で可憐な内容だった。

「でも」

先生は、顔を歪めて洟を垂らしながら、子どものように泣きじゃくった。

「こんなの、締め切りに追われて、十五分くらいで適当に書いた詞なんです。ヒットしたのは、僕の力じゃないよ」

先生の目から、小石のような涙がぼろぼろこぼれた。

「それは違います」

マドンナは、うっすらと笑みを浮かべながら言った。

「先生、あなたにとって適当でも、それはあなたの才能がそうさせたものです」

先生は、神さまの前で懺悔するように独白した。

「もう、人生をやり直す時間が、残っていない。傷つけた人に、頭を下げて謝ることもできない。自分を支えてくれた人に、お礼を伝えることもできない」

鋼の鎧を脱いだ先生は、しょんぼりとうつむき、ひとまわり、体が縮んだようだった。

「本日のおやつは、レーズンサンドをご用意しました。どうぞ、お召し上がりください」

マドンナの声が響く。レーズンサンドを配るのは、これまで会ったことのない白髪交じりの女性だった。もしかすると、先生の元奥さんかもしれない。ひとりひとりにお辞儀をしながら、レーズンサンドを配っている。

先生は、間に合ったのだ。ギリギリだけど、先生は生きているうちに自らの過ちに気づくことができた。そのことに、私は盛大な拍手を送りたかった。

あの時、マドンナが私に何気なく言った言葉。人は生きている限り変わるチャンスがある。あれは、本当だった。私には、全然そんなふうに思えなかったけれど、もしかするとマドンナには、先生が自らの過ちに気づく姿が見えていたのかもしれない。いや、マドンナの中に確固として存在する先生を信じる気持ちが、彼の心の向きを変えたのかもしれない。

逆転満塁ホームランじゃなくていいんだよと、私は先生に伝えたくなった。そんなに簡単に、自分の生き方を変えることはできないもの。でも、自分の人生を最後まであきらめずに変えようと努力すること、そのことに大きな意味があるのだと思った。

私も、まさにそうだった。私は、ここに来てようやく変われた。投げやりな気持ちでライオンの家へ来た過去の自分を、今はとても恥ずかしく、けれど愛おしくも感じている。

マドンナの言う通りで、人は死の直前まで、変わるチャンスがある。

私の前にも、レーズンサンドが出された。今日は、舞さんだけでなく、シマさんも厨房の中を手伝っている。久しぶりに見るシマさんの姿だ。目の下にくまができているけれど、それほど痩せもせず、顔色も悪くない。シマさんは、真剣な表情でティーポットからお茶を注いでいる。


「雫さんの容体、どうですか？」

廊下で話している声がはっきり聞こえる。もしかすると、私の耳に補聴器がつけられているのかもしれない。

今のは、タヒチ君の声に違いなかった。そして話している相手は、マドンナだ。

「もう、ここ数日ずっとこんな感じ。出血して以来、意識はほとんどないんだけど、時々目を開けて、誰かと話してるの」

「そうですか。あっちとこっちを、行ったり来たりしているんですかね。お袋の時も、最期そうだったから、なんとなくわかります」

そうか、タヒチ君も、お母さんを亡くしていたのか。知らなかった。

「きっとそうね。でも、最後まで耳は聞こえているっていうから、話しかけてあげて」

マドンナは言った。

本当に、マドンナの言う通りだ。私には、ふたりの会話がちゃんと聞こえている。

マドンナは、続けた。

「ろうそくって、消える瞬間が一番美しく感じるんだけど、人もそうなのよね。雫さんを見ていると、しみじみ、そう思うわ」

それから夕ヒチ君が私のそばにやって来て、私に話しかけてくれた。

「あの日の海、きれいやったなぁ。

雫ちゃんが六花と後ろの席に座ってて、なんだか家族みたいでええなー、って思ってたんよ。あん時、雫ちゃん、言ったでしょ。『ライオンの家に入れて、ほんとによかった』って。

俺さ、とっさにどう答えていいかわからんくなって、雫ちゃんを無視する形になって、ごめんな。でも、あん時の雫ちゃんの声、ちゃんと聞こえてたから」

私も、ちゃんとタヒチ君の声が聞こえている。息遣いの音まで、はっきりと聞こえているよ。

タヒチ君は、続けた。私の手を優しく包み込みながら。

「なんでなんやろなぁ。なんで、お別れせんとあかんのやろなぁ。せっかく知り合えたのに。雫ちゃんと、もっといっぱいデートして、この島のいろんな場所に、一緒に行きたかったのになぁ」

私も、タヒチ君と、もっと他の場所にも行きたかった。島のあちこちから、いろんな表情の海を眺めたかった。夏になったら、あのきれいな砂浜で、花火もしてみたかった。タヒチ君と六花と、海で泳ぎたかった。

「でもさぁ、雫ちゃんが病気にならへんかったら、会えへんかったんやもんなぁ。皮肉やなぁ」

ほんと、タヒチ君の言葉が真実そのものだ。私が癌にならなかったら、レモン島自体、訪れることもなかった。

あ、そうか。そういうことか。元日に教えてもらった、シスターの言葉。思いっきり不幸を吸い込んで、吐く息を感謝に変える、っていうのは、こういうことだったのか。

「会えて、よかったよ。約束、ちゃんと守るから、安心してな。それで、今度は光になって、俺たちを照らしてな。

母ちゃんが、亡くなる前に言ったんだ。死んだ人は、光になるんや、って。その言葉、俺、信じてるんよ。だから雫ちゃんも、光になるって」

タヒチ君は言った。

そうだ、私はもうすぐ光になるのだ。

光になって、世界を照らすのだ。

そう思ったら、むくむくとまぶしい気持ちが膨らんでくる。

それからタヒチ君は、私の頬に自分のほっぺたをくっつけた。タヒチ君の匂いが懐かしかった。

「ありがとう。いつかきっとまた会える気がするから、お別れの言葉は言わないでおくよ」

うん、私も心からそう思う。私も、タヒチ君にはまたどこかで形を変えて会える気がする。だからこれは、お別れじゃない。


いただきますをして、レーズンサンドをそっと持ち上げた。顔に近づけると、バタークリームの甘い香りがする。ふと、梢ちゃんの顔が頭に浮かんだ。梢ちゃんにも、レーズンサンドを食べさせてあげたい。自分の食べる量が半分になってもいいから、梢ちゃんの喜ぶ顔が見たいと本気で思った。そんな相手に、人生でたったひとりでも巡り会えたことこそが、私にとって最高の収穫だった。私も、種を蒔いていたのだ。

太陽の光を存分に浴びて育ったような、私の妹。私がいっとき味わった孤独や切なさや苛立ちは、梢ちゃんという命を育むための養分だった。そう思えば、なんてことない。あの時間も、決して無駄ではなかったということだもの。

レーズンサンドを食べ終え、紅茶を一口飲んでから、私は言った。

「ごちそうさまでした」

まだ口の中には、レーズンやビスケットやクリームの余韻が残っている。

するとどこからか、クスクスと笑い声が聞こえた。

それから、マドンナが言った。

「雫さん、本当にお疲れさまでした。ゆっくり、休んでください」

――一日目――


雫お姉ちゃんが亡くなった。

その知らせが入ったのは、昨日の夜遅くだった。私は、そのことを今朝、学校に行く前に母から知らされた。

雫お姉ちゃんに会ってから、まだ一週間しか経っていない。あの時、雫お姉ちゃんは、確かに息をしていた。形があった。触ると温かかった。でも、今はそうじゃない。形はあるけど、息はしていないし、きっと体ももう温かくなくなっている。

私は、数年前に死んでしまったウサギのことを思い出した。

玄関のドアが開いて、父が仕事から帰ってくる。

「おかえりなさい」

出迎えると、コートを脱いでいた父が、驚いたように顔を上げる。

「声がそっくりだから、一瞬、しーちゃんがいるのかと思ったよ」

それから、悲しそうに笑う。私もつられて、悲しそうに笑ってみる。

「これ、お母さんに渡してくれるかな。しーちゃんが好きだったから、帰りに買ってきたんだ」

父が、鞄から竹輪を取り出す。環境保護に熱心な母の影響で、父も私も、極力レジ袋はもらわない。竹輪に続いて、プリンも出てきた。

「雨？」

父のコートの肩の辺りが濡れているのに気づいて、私は言った。私が学校から帰宅する時は、まだ降っていなかった。

「うん、ちょっとだけど。涙雨かな」

父は、雫お姉ちゃんが亡くなったと聞いて、泣いたのだろうか。私は、まだしっかりと泣いていなかった。本当は思いっきり泣くべき場面であるのはわかっているのに、体はそんなにうまく反応しない。

「はい、これお父さんから」

台所で晩御飯の支度をしている母に、竹輪を手渡す。なんだか、形状といい大きさといい、リレーのバトンみたいだ。プリンは、私が自分で冷蔵庫にしまう。

「今日は、何？」

私からの問いかけに、

「雫ちゃんが好きだったから、鶏鍋にしよう、って、お父さんが言ったの。梢も、お膳立てを手伝ってくれる？　そろそろお鍋の支度ができるから。今日は、雫ちゃんの分も、お箸とお椀を、出してあげてね」

「はーい」

私は、わざと間延びした返事をして食器棚を開ける。

普段着に着替えた父が、一階のリビングにおりてくる。母の隣に私、その斜め向かいに父が座り、普段は空いている私の向かい側の席に、雫お姉ちゃんの場所を用意する。

新しいお箸とお茶碗とお椀は、食器棚の定位置に置かれている。ずっとお客様用だと思っていたけれど、もしかするとこのセットは、雫お姉ちゃん専用なのかもしれない。

「ビールは?」

母に聞かれ、

「そうだね、ちょっとだけ飲もうかな」

父が答える。

冷蔵庫から瓶ビールを出してきた母が、栓を抜き、父の前に置いたコップに注いだ。勢いがよすぎて、危うく泡があふれそうになる。アルコールを一切飲まない母は、自分用の湯のみに、いつもの番茶を入れる。私は、適当なコップに水道水を注いで席に着く。

「ケンパイ」

父が言って、ビールの入ったコップを持ちあげた。

「お父さん、カンパイでしょ」

父が間違って言ったと思ったのだ。すると、父は穏やかな目をして言った。

「ケンパイっていうのは、亡くなった人へのお祈りの気持ちで飲むお酒のことなんだよ」

勘違いしていたのは、私の方だったらしい。それで私はちょっと恥ずかしくなり、ケンパイ、と言い直した。

「ケンパイ」「ケンパイ」

両親も、静かな表情を浮かべてそれぞれのコップと湯のみを持ち上げる。なんとなく、水道水がしょっぱく感じるのは気のせいだろうか。涙を、水でうんと薄めたような味がする。

母が、卓上ガスコンロに火をつける。キャンプファイヤーで焚き火を見つめるみたいに、家族三人無言のまま、丸く広がる青白い炎を見続けた。

「そろそろ、いいかも」

沈黙を破ったのは母だった。母が鍋の蓋を持ち上げると、そこにはすでに、ぷかぷかと、惑星みたいに鶏団子が浮かんでいる。父が、笊の上に盛られた野菜を手づかみで放つ。一緒に、竹輪も入れられた。

野菜に火が通るのを待ちながら、お椀の中にポン酢を入れる。雫お姉ちゃんのお椀にも、ポン酢を垂らした。それから、辛いのもちょっとだけ入れておく。雫お姉ちゃんは、もう大人だから、私と違って辛いのも平気だろう。

鍋に入れた野菜がくたっとするのを見計らい、父が言った。

「食べようか。雫のことを想いながら食べれば、きっとしーちゃんも喜んでくれるよ」

「いっただっきまーす」

私は、妙に子どもじみた明るい声を出して鍋の中へ箸を伸ばす。部活をしてきたので、おなかが空いている。まずは大好きな白菜を食べ、それからあつあつの鶏団子を頬張る。

「うんまっ。でも、あっちぃ」

口の中で、鶏団子が火を噴くように炸裂する。なんとか鶏団子を飲み下してから、コップの水を一気にあおる。やっぱり、水がしょっぱく感じる。

「結局、私は一回も雫ちゃんに会えなかったなぁ」

あたふたしている私の横で、母が、テーブルに頬杖をつきながらしんみりと言う。母は、私と父がお椀によそって食べるのを見ているだけで、まだ自分は取っていない。横に並んでいるからわからないけれど、もしかすると母は、泣いているのかもしれない。

「仕方がないよ。雫がひとりで暮らすって言い張ったんだし。無理やりここに連れてきて、同じ屋根の下で暮らすことなんて、できなかったんだから。あの時は、いろんなことが重なったし」

いろんなこと、それが何なのか気になったけど、私はあえて聞き流した。

この間の日曜日に雫お姉ちゃんに会って以来、私は何度も、雫お姉ちゃんと自分の現在の歳、私が生まれた時の父の年齢などから、私の「発生」と雫お姉ちゃんが一人暮らしになったことに直接的な因果関係があるのかないのかを探ってきた。結果は何度やってもノーで、私はそのことに、ひそかに胸をなでおろしている。だってさ、私ができたことで、雫お姉ちゃんがひとりぼっちになってしまったのなら、あまりにも申し訳ないというか、申し訳ないなんていう言葉では全然足りないくらい、土下座して謝らなくちゃいけないくらいの罪だもの。でも、物事はそう単純ではないらしい。

「それはそうかもしれないけど、せめて高校を卒業するまで待ってあげてたら、そうすれば雫ちゃんだってこんなに早く……」

私よりも母の方が、雫お姉ちゃんに対する申し訳ない気持ちが強いのかもしれない。母は、さっきからため息ばかりついている。

「いいんだよ、そんなこと考えなくても。あの時、雫が自分で決めたことなんだから」

そう言いながら父は、自分のお椀の中で何かしている。しばらく黙って様子を見ていると、

「できたできた」

にこにこしながら言って、箸で竹輪を持ち上げた。竹輪の穴の中に、春菊が詰まっている。

「なにそれ？」

私は言った。父が、得意げにメガネを曇らせながら説明する。

「しーちゃん、小さい頃、野菜が苦手でね。特に春菊が食べられなかったんだ。それで、大好物の竹輪にこっそり春菊を仕込んで、食べさせてたんだよ」

それから、春菊入りの竹輪を雫お姉ちゃんのお椀の中に入れた。まるでそこに、本当に雫お姉ちゃんが座っているみたいに。竹輪からは、まだほのかに湯気が立っている。

「梢も食べるか？」

父が聞くので、素っ気なく、いらない、と答えてから、やっぱり食べる、と言い直した。雫お姉ちゃんが食べた物なら、私も食べてみたい。

父は母と結婚する前、ここではない別の町で、雫お姉ちゃんとふたりで暮らしていた。雫お姉ちゃんは、父の実の娘ではなく、父と双子だった父のお姉さんのひとり娘で、けれどお姉さんとその旦那さんが不慮の事故で亡くなったため、父が幼い雫お姉ちゃんを引き取って、たったひとりで育てたという。私はまだ全体像が見えていないけれど、とにかく父にとっては、私や母と同じくらい大切な存在なのだと、雫お姉ちゃんのいるホスピスに向かう車の中で話してくれた。

本当はあの日、母も一緒に雫お姉ちゃんのお見舞いに行きたがった。でも、結局お見舞いに行ったのは、私と父だけだった。母は、庭に咲いたばかりの早咲きの花を摘んで、自分がお見舞いに行くかわりに、その花束を私の手に持たせた。私はその花束を、移動中、ずっと握っていた。まるで、迷子にならないよう、人混みの中で母としっかり手を繋いでいるような気分だった。

「しーちゃんの優しさに、お父さん、ものすごく救われたんだ。お父さんにとっては、生きている意味そのものだったから。でも、その優しさに甘えていたのも事実だったんだ」

ホスピスからの帰りの車の中で、父は言った。父の頬が、涙でてかてか光っていた。衝動的に、私はもう一度、雫お姉ちゃんに会いたくなった。もう一回ホスピスに戻ろうよ、という言葉が、舌の先まで出かかっていた。

でも、言えなかった。どうしてかは自分でもわからなかったけど。人生には、何回でもおかわりしていいことと、そうではないことがあるんだということが、わかったのだ。雫お姉ちゃんに会うことは、そうではないこと、に分類される方だった。一度おかわりをしてしまったら、際限がなくなってしまう。

私は、泣いている父に気づかないふりをして、反対側の窓から外を眺めた。そこから見る海がキラキラ光って、ものすごく綺麗だった。まるで、海そのものが、大きな生き物みたいに思えた。

「ほら、ニラとかネギもちゃんと食べなさいよ」

ぼんやりしていたら、母が横から箸を動かし、私のお椀にどっさりと野菜を入れる。父が、私にも春菊竹輪を作ってくれた。私もあんまり春菊は好きじゃない。ちらっと前の方を向くと、ほんの一瞬だけど、お姉ちゃんと目が合ったような気がした。お椀を持って、今まさに父が仕込んだ春菊竹輪を食べようとしている。でも、気のせいかもしれない。改めてじっと前を見たけど、そこにはやっぱり誰もいない。

亡くなった雫お姉ちゃんは、三十三歳だった。私は今十三歳だから、私がお姉ちゃんの歳になるまで、まだ二十年もある。

「ビール、飲んでみよっかなー」

ふとひらめいて、私は言った。

「えーっ?」

母が、素っ頓狂な声をあげる。でも、父は予想通りの反応をする。黙って私の方にコップを差し出し、まだ瓶に残っていたビールをつぎ足した。

「ちょっとだけだぞ」

「うん」

私は神妙にうなずいて、それから、ケンパイをした。

どろっとしたほろ苦い泡が、舌の上に広がる。表現は汚いが、誰かの唾を飲まされたみたいな気分になった。でも、戻すわけにもいかないから、思い切ってゴクリと喉の奥へと強引に押し込む。

「全然おいしくない」

しかめっ面をして、私は言った。目の前で、お姉ちゃんが口元をおさえてクスクスと笑っている。やっぱり、そこにいるのは雫お姉ちゃんだ。私が会いに行った時は、ガリガリに痩せて、指も腕も、強く握ったらぽきっと折れてしまいそうな細さだったけど、目の前にいる雫お姉ちゃんは、もう少しふっくらしていて、髪の毛もふさふさで、顔色もよくて元気そうに見える。

でも、もしも私が雫お姉ちゃんがそこにいることを口にしたら、勘の鋭い蝶々みたいに、お姉ちゃんはどこかに飛び立ってしまうかもしれない。だから私は、あえて気づいていないようにふるまった。もしかすると、父にも、そして母にも雫お姉ちゃんがここにいるのがわかっていて、けれど三人とも同じことを考えて、誰もがそのことを知りながらも、黙っているのかもしれない。裸の王様は良くない方の教訓だけど、雫お姉ちゃんの存在をわかっていながらみんなが何も言わないというのは、愛だと思った。

私は、いつになくゆっくりと、時間をかけて咀嚼した。私たちは今、家族四人で食卓を囲んでいる。鍋の中身がグツグツ煮える音だけが響く、とても静かな夜だった。

最後に、母が雑炊を作った。

「ご飯、多めにね」

本当は、四人分ね、と言いたかったけど、そうすると雫お姉ちゃんに私が気づいていることがバレそうだと思ったので、あえて直接的な表現は避けた。多めにして、と言えば、ただ単に私がおなかを空かせている、というだけの意味に取られると思った。でも本当は、雫お姉ちゃんにも、あつあつのおいしい卵雑炊を食べてもらいたい。私は、ふと思いついて席を立ち、冷蔵庫から沢庵を取ってくる。私は、子どもの頃から沢庵が大好物だ。

「ねぇ、お父さん、雫お姉ちゃんはどんな子どもだったの？」

たった一口、しかも泡しか舐めていないからビールで酔っ払うはずはないのだけど、なんとなく口が軽くなっていた。思春期に差しかかっている、父曰くお年頃の私は、最近あまり両親と長い会話をしていない。

「しーちゃんはなぁ」

父が、ガスコンロの火を見ながら腕組みする。

「本当にいい子だったよ。ずっとずっと、大人になっても、いい子のまんまだったんだと思う。思いやりがあって、相手のことをいっつも大事にして、わがままも言わなくて。でも、いい子すぎて、実は本人は我慢したり、してたのかもしれないなぁ、って思うよ。とにかく、人の悪口を言ったり、意地悪をしたり、いじけたり、すれたところが全くなくてね。一緒にいると、本当に天使といるような気持ちになったよ」

父の言葉に耳を傾けながら、母がみんなのお椀に雑炊をよそってくれる。小学生の頃、意地悪なクラスメイトの悪口を言って先生に怒られた私とは大違いだ。

母は、私のと同じくらい、お姉ちゃんのお椀にもたっぷりと雑炊を盛りつけた。持ち上げると、お椀がずっしりと重たい。私は、雫お姉ちゃんの雑炊の上にも、ひと切れ、沢庵をのせた。お姉ちゃんも、沢庵が好きかどうかは微妙だけど。私の好みは、何事においても「渋い」と言われる。それは多分、私が発生した時の父の年齢と関係があるんじゃないかと思っている。

「だけど、どうして雫ちゃんは、最後、あの島のホスピスに入ったのかしらね？」

雑炊を口に運びながら、母が言った。

「お父さんとの、思い出の場所とか？」

私が口を挟むと、

「お父さんも、そのことがずっと引っかかってて考えてるんだけど、わからないんだ。瀬戸内に一緒に旅行した、ってこともないしなぁ。しーちゃん、昔から蜜柑は好きだったけど」

父は言った。

「いくらなんでも、蜜柑が好きだからって、瀬戸内のホスピスに入る、っていうのはおかしいでしょ。子どもじゃないんだから」

母が少しイラッとしているのが伝わった。

「そうだよ、お父さん、こんな時に」

私も母に加勢する。

「だけど、しーちゃん、本当に蜜柑が大好きだったんだよ。冬になると、コタツに入って蜜柑ばっかり食べてた」

父は、懐かしそうに言った。この家にいる以前の父の姿なんて想像がつかないけれど、確かに父にも、私の父になる前の、母とも出会う前の人生があった。そしてそこには、雫お姉ちゃんがいた。雫お姉ちゃんも、今よりずっと若くて、私よりもっともっと子どもだった時代もあった。そこには、私も母ももちろんいなくて、父とお姉ちゃんだけがいた。

「あ、ひとつ心当たりがあるかも」

父がひらめいたように言ったのは、全員が雑炊を食べ終えた頃だった。

「あれは、しーちゃんが小三の時かなぁ。夏休みに、海に行く約束をしてたんだ。でも、お父さん、急に仕事で会社に行かなくちゃいけなくなって、海には行けなかったんだよ」

「きっとそれだよ」

私は言った。

「お姉ちゃんは、その時、どういう反応だったの？　泣いたり、怒ったり、した？」

「いや、その時も、だったら来年行こうね、ってそんな感じだったんじゃないかなぁ」

父がそう言い終えるや否や、

「ありえない！」

私は父に抗議する気持ちも込めて言った。

「雫お姉ちゃん、物わかり、良すぎだよ」

目の前にいるお姉ちゃんにも、私はちょっと不満だった。

だって、私なんかしょっちゅう両親と喧嘩している。つい最近なんて、母と、取っ組み合いの喧嘩になりかけたほどだ。

「じゃあ、もしかして、雫お姉ちゃんとお父さんは、今までいっちども喧嘩したことがないの？」

まさかと思いつつ、私は父にたずねた。親子なのに喧嘩しないなんて、私には絶対に信じられない。

「どうだったかなぁ」

父が、呑気に頬杖をつく。そして、言った。

「あったよ、あった。しーちゃんが社会人になって一年目だったかなぁ。一緒にご飯を食べることになって。珍しく、しーちゃんの方から誘ってくれたんだ。ボーナスが出たから、お父さんにお寿司ご馳走してあげる、って。それで、呼ばれて行ったんだけど、その時、しーちゃん、食事が終わってから、ちょっと失礼、って言って、外に出て行ったんだ。それで戻ってきたら、タバコ臭くなってて」

「外に、一服しに行ったのね」

母が言った。

「そう。でも、お父さんには、なんだかしーちゃんとタバコっていうのが、うまく結びつかなくて、『イメージと違うなぁ』って言っちゃったんだ。そしたら、しーちゃん、私のイメージって何よ、って珍しく食ってかかってきて。すぐにしーちゃんがお勘定を払って、さっさと店を出ちゃったんだ」

「それで、どうしたの？」

私は、その先を知りたい。

「もちろん、お父さんもすぐに出て、しーちゃんに謝った。しーちゃん、珍しく、泣いてたんだ。お父さんは私の何を知ってるっていうの？　って。どうして、私がタバコ吸っちゃいけないの？　お父さんは、いつだって、私の片側しか見ていないんだって」

母は、言った。

「きっと雫ちゃんは、やっとあなたに、本音を言えたのかも、そこで」

母が席を立ち、みんなの湯のみに、お茶を注いでくれる。もちろん、みんなには、雫お姉ちゃんも含まれている。

「雫が、病気のこと何も言ってくれなかったり、その後のことも全部ひとりで済ませようとしたりしてたって聞いて、お父さん、正直、落ち込んだんだ。もっと頼りにしてほしかったし、雫が辛い時こそ、助けたかった。自分が、情けなくてね。

だけど多分、こうすることが、雫なりの生き様っていうか、哲学を貫いたのかなーって思うようにしたんだ。しーちゃんはきっと、幼いうちから、人が孤独なんだってことを、しっかりと受け入れていたのかもしれない。だからしーちゃんは、いい子じゃなくて、強い子だったんだなぁ、って思うよ」

その言葉を聞いて、雫お姉ちゃんが、うんうんと誇らしげに頷いている。

「そうね、いい子じゃなくて、優しくて、そして強い子ね」

母も、納得するように言った。

「お葬式はしないの？」

私が聞くと、

「雫が、この後どうするかは、全部自分で、細かいことまできちんとマドンナさんに伝えてあるんだって。だから、その気持ちをお父さんは尊重してあげることにしたんだ。確かに形じゃないし、雫と縁のあった人が、それぞれ心の中でお葬式をすれば、それでいいのかもしれない」

「そうよ、雫ちゃん、大往生したんだから、私たちも、盛大に見送ってあげなくちゃ」

母は明るくそう言いつつ、自分で言った言葉に涙を流した。

「じゃあ、私、今度の日曜日にミルクレープ作る！」

私は言った。雫お姉ちゃんと目が合うと、お姉ちゃんがとびきりの笑顔で微笑んだ。

「ところで、どうしてお母さんと結婚したの？」

母が洗い物に立ってから、私は父にこっそりたずねた。

そんなプライベートなこと、たとえ親子であっても軽々しく聞いたりするものじゃないなんて、わかっている。小学生の私だったら、無邪気に聞けた。でも、中学生になった今は、もう聞かないはずだった。でも、やっぱり私は一口のビールで酔っ払っているのだろうか。そんなことを、しれっと聞いてしまう。子どもにだって、言えないことがあるだろうに。

「どうしてお母さんと結婚したか？」

父は、私からの質問を繰り返した。だって、父には雫お姉ちゃんがいたのだ。父が決して雫お姉ちゃんを捨てたわけではないとわかっているけれど、もしかすると世間的には、そう見られてしまう恐れはある。

「全部、雫のせいにしたくなかったんだ。あの時はまだ、お父さん自身若かったし、わかっていなかった面もあるけど、多分、そういうことなんじゃないかな。対等に、人を愛したいと思ったんだ。そのことを、雫も受け入れてくれるんじゃないかって、お父さん、自分勝手に思い込んでいたんだ」

おそらく、そのことは、父にとっても、母にとっても、大きな出来事だったのだろう。父は、表情を硬くして、口を真一文字に結んでいる。

「結婚したい人がいるから、会ってほしいって雫に言った時、雫がお父さんの前で泣いたんだ。お父さん、ショックでね。こんなふうに雫も泣くんだって、それまで知らなかった自分自身に、ショックを受けたんだよ。雫のことを、お父さん、何もわかってなかったんだな、って。自分にとって都合のいいように解釈してただけなんだ。当然のように、雫はお父さんの決断を受け入れてくれる、って思ってたし、むしろ、家族が増えて喜ぶくらいに思ってたから。傲慢だけど、しーちゃんのためにも結婚しよう、くらいに思っていたから。情けないことに、雫の表面的なところしか、お父さん、本当に見てなかったんだよ」

父は言った。

「あの時は、本当にしんどかったね」

食卓とシンクを行ったり来たりしながら、母もしんみりと言う。

「梢にはあんまり話していなかったけど、お母さんのお母さんが病気で、お母さんは何年も看病をしながら、今にも心が折れそうになっていたの。それを支えてくれたのが、お父さんだったのよ。もちろん、お父さんもお母さんも、雫ちゃんと一緒に暮らすつもりだった。だけどね、雫ちゃんはそれを良しとはしなかったの」

そんな時、人はどう行動するのが正しいのか、学校では教えてくれない。父の立場、母の立場、雫お姉ちゃんの立場、それぞれ違う。違う景色が見えている。誰も何も悪いことをしていない。誰かを傷つけようとも思っていない。私が雫お姉ちゃんの立場だったら、どうしただろう。それでも、父と母の幸せを望めただろうか。

「優しかったんだねぇ」

私は、そこにいるはずのお姉ちゃんの目を見て言った。でも、雫お姉ちゃんの姿は見えなかった。私自身の目に涙がたまっていたからだ。雫お姉ちゃんの優しさに触れて、涙がこぼれた。きっと、雫お姉ちゃんは、本当に父のことが好きだったのだろう。父を、大切に思っていたのだろう。

「会いたかったなぁ」

母が、さっきも言ったようなことをもう一度言う。

「でも、きっと会わなくてよかったのよね。そのことで、お互いに筋を通せたから」

雫お姉ちゃんのお椀にだけ、まだ食べ物が残っている。もう、湯気は上がっていなかった。

食後のデザートに、父が、私と雫お姉ちゃんにだけ、プリンを出してくれる。私が風邪を引くと、父が決まってお土産に買ってきてくれるプリンだ。でも、今日は風邪じゃない。雫お姉ちゃんが、亡くなった次の日。でも亡くなったのに、お姉ちゃんは私の前に座っている。

「はい、どうぞ」

容器に入っていたカスタードプリンを、父はわざわざお皿に逆さまにして容器から出してくれた。焦茶色のカラメルが、とろーんと上から涙みたいに垂れてくる。

「しーちゃん、こうして出してあげると喜んだんだ。お留守番してくれたご褒美は、たいていプリンをリクエストされた。近所に、おじいさんとおばあさんがやってている昔ながらのお菓子屋さんがあってね。そこのプリンが、好きだったんだ」

プリンを見て、お姉ちゃんが涙を流している。嬉しくて泣いているのだと、私にはすぐにわかった。お姉ちゃんと、ずっとこうしていたかった。

「何か音楽でも聴こうか」

後片付けを終えた母が、テーブルに戻ってきた。今夜は、やっぱりいつもの晩御飯と何かが違う。多分、いつもより時間がゆっくり流れている。それはきっと、雫お姉ちゃんが亡くなったことと関係しているのだろう。

「そうだね、じゃあ、何がいいかなぁ」

父が機械を操作して、部屋に音楽が流れ始めた。やっぱり、あれだ。バッハの、無伴奏チェロ組曲。幼い頃、私はこの曲がかかるたびに、怖いと言って泣き叫んでいたという。

でも、何度も繰り返し聴くうちに、体が拒絶しなくなった。むしろ今は、これを聴きたい。この音を聴くと心が安らぐ。その気持ちが、父に以心伝心で伝わったのだろうか。

父が、ソファへ移動する。私もくっついて、ソファに移った。そうやって食後の余韻に浸っていると、音が体の内側へ入って、内臓の奥深い所と共鳴しているのを感じる。

今日の、今の気分にぴったりな音。私が思いっきり泣けない代わりに、チェロが泣いている。泣いているけど、空は晴れていて、雲の間から光が差している。あの日、ホスピスからの帰りに見た海と、同じ景色が広がっている。

「お父さん、お願い」

ローテーブルの引き出しに入っていた耳かき棒を父に手渡す。チェロの音を聴いていたら、耳の奥がむずむずとして、耳の掃除をしてもらいたくなった。

私が物心つく前から、耳掃除は父がしてくれるもの、と決まっていた。父に耳の掃除をしてもらうと、誰もがうっとりとして、夢見心地になる。小学生の頃は、父の耳掃除が評判を呼び、いっとき、それほど仲良くなかったクラスメイトまでが、それ目当てで私の家に遊びに来ていた。父の耳掃除は思慮深いというか、それでいてためらいがなく、リズミカルで、終わると誰もが新しい耳に生え変わったような気持ちになるのだ。普段は父に遠慮のない意見を言う母も、こと耳掃除に関しては、全幅の信頼を置いている。私は、母が父から耳の掃除をしてもらっている姿を見るのが、昔から好きだった。

「おいで」

耳かき棒を手にした父が、自分の腿の上にクッションをのせ、私の頭の高さを調節する。私はその上に頭をのせる。

「ちょうどいい?」

父の言葉に、私は無言で深くうなずく。

私は目を閉じて、チェロの音に聞き入った。何度聴いても思うのだが、これを、たったひとりの人がたったひとつの楽器だけで演奏していることが、信じられない。そこには、いくつもの音が同時に層になって存在する。

耳の掃除をしてくれながら、父が、そっと私に語りかける。父は若い頃、音楽家を目指していた。

「プロのチェロ奏者になりたくて、苦労して音楽大学に入ったんだよ。お父さんには、双子の姉さんがいて、珠美ちゃんっていうんだけど、たまちゃんが、お父さんが音楽家になるのを、応援してくれたんだ。自分は高校を卒業するとすぐに就職して、お父さんが音大に通う学費まで援助してくれてね。二十歳前に結婚して、二十代前半で子どもを授かったんだ。その子どもが、雫だった。

だけど、思いもよらない事故に巻き込まれて、しーちゃんだけが残されてしまってね。しーちゃんの周りで、当時、彼女を引き取って育児に当たれる状況の大人が、お父さんしかいなかったんだ。

お父さんはその頃、まだ音楽家になる夢を諦めきれずにいて、あがいてた。でも、そんなことになって、きっぱりプロのチェロ奏者になるのは断念したんだよ。それよりも、ちゃんと会社に就職して、お給料をもらって、しーちゃんに毎日ご飯を食べさせて育てよう、って。それが、たまちゃんとその旦那さんに報いる唯一の道だって気づいたんだ。もちろん、いきなり子育てをするわけだから、大変なことがいっぱいあったけど。それ以上に、しーちゃんが、生きる意味っていうか、喜びみたいなものを与えてくれたんだ。しーちゃんが、お父さんにとってはチェロ以上の存在になってくれた」

父はずっと、独り言のように話していた。だけど私は、その時、眠くて眠くて仕方がなかった。ちょっとでも気を許すと、すぐに爆睡してしまいそうだった。

途中で寝返りを打ち、今度は反対側の耳の掃除をしてもらう。やっぱり父は、耳の掃除の天才だ。耳の掃除が終わる頃には、私はすっかり眠り込んでいた。

「お姉ちゃーん」

「梢ちゃーん」

私たちは、とても広い庭にいた。空はぴっかぴかに晴れていて、私たちはふたりとも、子どもだった。お揃いの、白いワンピースを着ている。足元は裸足で、草の生えた土の上を歩くのが気持ちよかった。

私たちは、お互いにホースで水をかけあいながら遊んでいた。

手をつないで草原を走った。どこまでもどこまでも、地平線を追いかけるように走り続けた。途中からは、そこに白い犬も加わった。あの日ホスピスで会ったロッカちゃんに違いない。

走りながら、お姉ちゃんが言った。

「好きな音楽も聞けたし、早苗さんにも会えたし、お父さんに耳かきもしてもらえたし、思い残すことは何もないわ。全部ぜんぶ、梢ちゃんのおかげよ。私に気づいてくれて、ありがとう。私はいつだってここにいるから、心配しないで」

お姉ちゃんは、はつらつとした声で言った。

それからまた私たちは、手を繋いだまま走り続けた。地平線を目指して、どこまでも、どこまでも。

その感覚があまりにもリアルだったので、目を開けた時、私は一瞬、自分の身に何が起きたのかわからなかった。私は、ソファから起き上がった。部屋の電気はすべて消され、体には毛布がかけられている。私は、父に耳の掃除をしてもらっていたのだ。そして私はそのまま、眠ってしまった。家の中は、静まり返っている。冷蔵庫だけが、低い音でブーンとうなっていた。

そうだった。こういう時、私の両親は私を無理に起こさない。歯を磨かないと虫歯になるとか、風邪を引くとか、お風呂に入りなさいとか、一切言わない。虫歯になって痛い思いをするのも私だし、風邪を引いて学校を休んで授業がわからなくなるのも私だし、お風呂に入らないで気持ち悪い思いをするのも、すべて私。要するに、自己責任なのだと言う。

立ち上がって、カーテンを開けた。さっきまで見ていた庭とは打って変わって、そこには、日々母が手入れをする、小さな庭が広がっている。雨はすっかり上がり、星が光っていた。

覚えている。全部、覚えている。ふだんの夢なら目覚めた瞬間に忘れてしまうのに、さっき雫お姉ちゃんと水をかけ合って遊んだことや、草原を走ったことは、ちゃんとこの胸に、シミみたいに残っている。素肌に触れる心地いい水しぶきや、お姉ちゃんの笑い声、虹のきらめき、ぎゅっと握った手のひらの感触、すべてが私の体に刻まれている。

シャワーを浴びるのは明日にして、とりあえず歯だけ磨いてパジャマに着替えた。それから私は、自分のベッドではなく、両親の寝室に向かう。そっとドアを開けると、父と母が大きなベッドに眠っていた。私は、その隙間に入り込む。もう、両親と一緒に寝るのは卒業したと思っていた。

でも、私はひとりじゃないと知ってしまったから。

私には、いつだってお姉ちゃんがそばにいるから。

お姉ちゃんにも、この両親の温もりを、味わってほしいと思った。きっと、お姉ちゃんもそのことを望んでいる。

懐かしい父と母の匂いに包まれながら、私はすぐに眠りについた。もう、お姉ちゃんは現れなかった。

そして、私は母の声で起こされた。

母の声を聞いてすぐに、お姉ちゃんが、母のことを早苗さんと呼んでいたことを思い出した。まだ眠かったけれど、いつまでも寝ているわけにもいかない。私は昨夜の出来事をぼんやりと思い出した。

「梢、ちょっと来て。早く、早く」

母が、何やら騒いでいる。母が私を起こすなんて、珍しいことなのだ。わが家では、朝寝坊も自己責任だから、自分で起きるまで放置されることがほとんどだ。

「どうしたの？」

私はパジャマの上にカーディガンを羽織って、外に出た。太陽がまぶしい。

「ねぇ、梢がここに球根を植えてくれたのよね？」

母は、庭の一角にしゃがみながら言った。

「球根？　私は何にもしていないけど」

実のところ、私はミミズが苦手なので、庭には一切立ち入らないことにしているのだ。

「だって、お母さん、この間、ここにあったお花を全部つんで、雫ちゃんへの花束にしたじゃない。だから、もう芽は出ないはずなの」

母は、なんだか興奮している。

「梢が、いたずらしてこっそり球根を植えたんでしょう？」

「だから、違うって。その球根だけ、少し遅く芽を出したんじゃないの？」

私は言った。私には、母がここまで大騒ぎする意味がわからなかった。

「いや、それは絶対にないわ。だって、お母さん、球根を植える時、必ず数をかぞえて植えているもの。それに本来、この場所には球根を植えていないの」

その言葉を聞きながら、私はもしかして、とふと思った。いや、間違いなくそうだ。

しばらく考えてから、私は言った。

「雫お姉ちゃんから、早苗さんへのプレゼントなんじゃないの？」

生意気そうに聞こえちゃったら嫌だな、と思ったけれど、どうやら母には私の真意が伝わったらしい。

「お母さんね、チューリップって昔から大好きなの。そうね、きっと雫ちゃんに、お母さんの気持ちが通じたのかもしれないわね」

それから母は、庭の方を見て、ありがとう、と言った。雫お姉ちゃんが言ってた、ここにいる、っていうのは、こういうことなのだろうと私は思った。


その後、私にも小さな贈り物が届いた。

ライオンの家から、手紙が来たのだ。そこには、雫お姉ちゃんがおやつの時間にリクエストを書いた便箋と、その時に作られたミルクレープのレシピが入っていた。

雫お姉ちゃんが、人生の最後に食べたかったミルクレープ。実際には食べられなかったけど、そのかわり、私と父が一緒に食べたミルクレープ。

きっと、そういうことなんだ。

そういうこと、をうまく言葉で説明できないけど。

雫お姉ちゃんは、いつもそばにいて、私たちと、笑ったりふざけたりしている。

大事なのは、そういうことなんだと私は思った。

――二日目――


雫さん。

今、どんな景色が見えていますか？

体から解放されたあなたは、きっと、とても自由になって、歓声を上げながらいろんな場所を飛び回っていることと思います。

私の役目は、ゲストの方の人生の最期を見届け、送り出すことです。

これまでにたくさんの方の死を看取ってきました。けれど、どんなに多くの方を看取っても、完璧ということはありません。あの時ああすればよかった、もっとこうしてあげればよかった、そんな後悔の念が必ず残ってしまうものです。

雫さんに対してもやはりそうで、特にあなたがもう一度食べたがっていた蘇を作ってあげられなかったことが、悔やまれます。悔やんでも仕方のないことだとわかっていても、悔やまれます。また食べたいなんて、あなたは一言も口にはしませんでしたけど。

おやつの時間をあなたが毎回とても楽しみにしてくれたことが、何よりの慰めです。おやつは、体には必要のないものかもしれませんが、おやつがあることで、人生が豊かになるのは事実です。おやつは、心の栄養、人生へのご褒美だと思っています。

あなたの最期を看取ってから、私たちスタッフ一同、とても心地よい空気に包まれました。すべて、あなたのおかげです。ごちそうさまでした、って、あなたは確かにそう言いました。いかにもあなたらしい、情の深い、美しい言葉。きっと、あなたの人生そのものが、おいしかったのでしょう。本当に、見事なしめくくり、大往生でしたね。

人生というのは、つくづく、一本のろうそくに似ていると思います。ろうそく自身は自分で火をつけられないし、自ら火を消すこともできません。一度火が灯ったら、自然の流れに逆らわず、燃え尽きて消えるのを待つしかないんです。時には、あなたの生みのご両親のように、大きな力が作用していきなり火が消されてしまうことも、あるでしょう。

生きることは、誰かの光になること。

自分自身の命をすり減らすことで、他の誰かの光になる。そうやって、お互いにお互いを照らしあっているのですね。きっと、あなたとあなたを育ててくださったお父様も、そうやって生きてこられたのだと思います。

ライオンの家のエントランスには、一晩中、雫さんの死を弔うためのろうそくが灯されていました。一昨日は珍しく、風の強い晩だったのです。けれど、火は決して消えることなく、燃え尽きました。そして最後は、すーっと、静かに息を引き取るように消えて、煙が空に吸い込まれていきました。

あの、空に消えていくひとすじの煙こそ、人間でいうところの魂ではないかと私はひそかに思っているのですが、どうでしょうか？

忘れないうちに、先生からの伝言をお伝えしておきます。

雫さん、亡くなった日の晩、先生の枕元を訪ねられたそうですね。先生が、ありがとう、ってあなたに感謝してましたよ。とにかくあの方は、怖がりさんなんです。死ぬのが、怖くて怖くて仕方がなかったんです。でも、死んだはずのあなたが枕元に来て、先生曰く、ガミガミお説教をされたんですって。でも、あなたと話しているうちに、なんだか気が楽になって、死への恐怖が薄れてきたそうなんです。あなたに対して、さっさと成仏しろって言ってやったぞ、なんて相変わらず威張ってましたけどね。

安心してください。六花は、元気にしていますから。連日、特大豚骨をむさぼっています。六花は六花なりに、あなたの死を受け入れたのではないでしょうか。私には、そう感じられてなりません。

よい旅を！

亡くなった方には、私、いつもこの言葉を贈るようにしています。

だから雫さんも、よい旅を！

これからあなたの魂の、また新しいステージが始まる。

きっと、そうであると信じています。

ところで、例のあれは、どんな感じでしたか？


——三日目——


「六花、出かけるぞ！」

エントランスで声をかけると、六花が廊下を猛ダッシュしてくる。一応、マドンナにも声をかけたんだけど、ちょうどその頃新しいゲストが港に着くらしく、マドンナはその出迎えに行かなくてはいけないらしい。マドンナって人は、本当に、三百六十五日休みなく働いている。

新しいゲストは、おそらく、雫さんが使っていた部屋に入るのだろう。結果的にお袋の場合は間に合わなかったが、ライオンの家で最期を迎えたい人はたくさんいる。

イラストレーターのシンちゃんは、数少ない俺の親友だ。だから、という訳でもないが、シンちゃんが描いた雫さんと六花の絵は、形見として、俺がもらった。今は、アパートの玄関に飾っている。

雫さんが死んで、嬉しいわけではもちろんない。が、ただただ悲しくて仕方がない、というのとも少し違う。あえて言葉にするなら、実物に会えなくなって残念、って感じだろうか。亡くなる前の方が、よっぽど悲しかった。というか、切なかった。あの時から較べると、今の心の方がずっと乾燥している。

後部座席に六花がいるので、いつも以上に安全運転で走った。二月のレモン島は、もう冬じゃない。すでに春の陽射しが、地面を優しく温めている。そして地面の下では、今か今かと、緑のエネルギーが爆発する時を待ち構えている。

雫さんが、お父さんと妹さんを連れて最後に葡萄畑に来てから、どのくらい経つのだろう。あの時の雫さんは、さすがに体が弱っていた。弱っていたけど、目にはぞっとするくらい強い力がみなぎっていて、俺はとっさに、寒空の下で根っこを張る、葡萄の苗木みたいだな、って思った。葡萄の苗木に感じるのと同じ種類の畏怖の念を、雫さんにも感じた。葉っぱも花も実もなんにもついてなくて、ただ枝だけが残されているんだけど、その枝こそが、エネルギーの塊だった。人生から余分なものをフィルターですべて除去した後みたいで、あの日の雫さんは怖いくらいに生命力にあふれていた。

ちょうど、寄付をして苗木のオーナーになってくれた人たちの葡萄を植えている時だった。説明をしたら、お父さんがその場で葡萄の苗木のオーナーになってくれた。それで、雫さんと妹さんも、一本ずつ、苗木を植えることになった。

あの時、どうして雫さんにあんな力があったのか、いまだに謎だ。どう見ても車椅子でしか移動できない体なのに、雫さんはスタッフのふたりに両側から支えられて立ち上がると、自分の足で大地に立って畑を歩いた。火事場の馬鹿力って言葉があるけど、死に際の人にもそういう力が宿っているんだと思う。その人が心の底から立って歩きたいと願ったら、それに応えるだけの力が体には隠されているのかもしれない。まるで、赤ん坊が生まれて初めて自分の両足で立って二足歩行をしたみたいな、感動的な歩き方だった。

雫さん自身がそのことに驚いて、感動していた。でもそれ以上に、お父さんが興奮していた。

しーちゃん、しーちゃん、しーちゃん、しーちゃん。

人目もはばからずに彼女の名前を大声で叫んで、自分のところまで歩いてたどり着いた雫さんを、ぎゅっと抱きしめてあげた。雫さんは、もう完全に子どもみたいになってお父さんにべったり甘えていて、ずっと手をつないでいた。それから、一緒に葡萄の苗木を植えたんだ。苗木のタグには、お父さんが、「しーちゃん」と書いて結びつけた。

「おいしいワインになろうね」

その苗木を愛おしそうに撫でながら、雫さんが囁いた。もう声は出なかったけど、俺にはちゃんと聞こえた。なってね、じゃなくて、なろうね、だった。そこにはもしかすると、雫さん自身もおいしいワインになる、っていう意味が込められていたのかもしれない。それから、

「タヒチ君、よろしくね」

って言って、目を閉じた。

奇跡だった。あのタイミングで、雫さんが歩けたこと。葡萄の苗木を植えられたことは、奇跡以外の何ものでもない。奇跡は、死んでから起きるんじゃなくて、生きているうちに起こせるんだと思った。

「おいしいワインになるように、がんばります。そしたら、お届けしますので、待っててください」

俺は、雫さんの家族に約束した。

「な、だから途中で投げ出すなんて、もうできないんだよ。責任があるから」

バックミラーを見ながら、後部座席にいる六花に話しかける。

雫さんが、文字通り命がけで植えた葡萄を、枯らすわけにはいかないのだ。

時間を確認すると、そろそろ、約束の頃だった。

雫さんが旅立って三日目の夕方、このビーチに来て六花と手を振ると約束したのだ。その、約束の時間が迫っていた。

「そろそろ始めるか」

俺が言うと、六花が横についてお座りをした。まるで、このことのすべてを理解しているようだった。俺と同じように、じっと空を見つめている。

俺は、必死で手を振った。六花も、同じように尻尾を振る。

「元気でなー」

「お袋に会ったら、よろしく伝えてなー」

「ありがとう！」

声の限り叫んだ。

すると、いきなりマフラーが風に飛ばされた。まるで、マフラー自体が踊っているみたいだった。踊っているっていうか、俺をからかって遊んでいるみたいだった。

それまで、風なんか全然吹いていなかったのに。

ロッカが凜々しい声で、ワン、と吠える。

ふと空を見上げると、美しい光の群れが、太陽の方へ向かって流れ星のように吸い込まれていく。その姿を見送りながら、夜が世界を包むまで、俺はずっと手を振り続けた。
もう一度首にしっかりと巻きつけたマフラーからは、確かに雫さんの匂いがした。

この作品は二〇一九年十月にポプラ社より刊行されたものです。

ライオンのおやつ

小川 糸

2022年10月 5 日　第1刷発行
2024年10月 5 日　第9刷

発行者　加藤裕樹
発行所　株式会社ポプラ社
〒141-8210　東京都品川区西五反田3-5-8
JR目黒MARCビル12階
ホームページ　www.poplar.co.jp
フォーマットデザイン　bookwall
組版・校正　株式会社鷗来堂
印刷・製本　中央精版印刷株式会社

N.D.C.913/279p/15cm　ISBN978-4-591-17506-4

P8101455

ポプラ文庫好評既刊

食堂かたつむり

小川糸

同棲していた恋人にすべてを持ち去られ、恋と同時にあまりに多くのものを失った衝撃から、声をも失ってしまった倫子。山あいのふるさとに戻った彼女は、小さな食堂を始める。それは、一日一組のお客様だけをもてなす、決まったメニューのない食堂だった。やがてある噂と共に食堂は評判を呼ぶように……。

ポプラ文庫好評既刊

ファミリーツリー

小川糸

美しく壮大な自然に囲まれた長野県安曇野。小さな旅館で生まれた弱虫な少年・流星は「いとこおば」にあたる同い年の少女リリーに恋をし、かけがえのないものに出会う。ユニークなおとなたちが見守るなか、ふたりは少しずつ大人になっていく。五感に響く筆致で、命のつながりの煌めきを描き出す物語。

リボン

小川糸

小さな命が、寄り添ってくれた——少女と祖母は家のそばで小鳥の卵を見つけ、大切に温めて孵す。生まれたのは一羽のオカメインコだった。リボンと名づけ、かわいがって育てるが、ある日逃がしてしまう。リボンは羽ばたきとともに様々な人々と出逢い、やさしく結びつけていく。懸命に生きる人々の再生を描く物語。

ポプラ文庫好評既刊

かがみの孤城　上・下

辻村深月

学校での居場所をなくし、閉じこもっていた〝こころ〟の目の前で、ある日突然部屋の鏡が光り始めた。輝く鏡をくぐり抜けた先にあったのは、城のような不思議な建物。そこには〝こころ〟を含め、似た境遇の7人が集められていた。すべてが明らかになるとき、驚きとともに大きな感動に包まれる。生きづらさを感じているすべての人に贈る物語。

ポプラ文庫好評既刊

ピエタ

大島真寿美

18世紀、爛熟の時を迎えた水の都ヴェネツィア。『四季』の作曲家ヴィヴァルディは、孤児を養育するピエタ慈善院で音楽的な才能に秀でた女性だけで構成される〈合奏・合唱の娘たち〉を指導していた。ある日、教え子のエミーリアのもとに、恩師の訃報が届く。一枚の楽譜の謎に導かれ、物語の扉が開かれる——。

あん

ドリアン助川

線路沿いから一本路地を抜けたところにある、小さなどら焼き店を営む千太郎。ある日、バイトの求人をみてやってきたのは手の不自由な老女・吉井徳江だった。徳江のつくる「あん」の旨さに舌をまく千太郎は、彼女を雇い、店は繁盛しはじめるのだが……。やがてふたりはそれぞれに新しい人生に向かって歩き始める。このうえなく優しい魂の物語。